JN172569

神々と戦士たち

V
最後の戦い

GODS AND WARRIORS
WARRIOR BRONZE
MICHELLE PAVER
TRANSLATION BY YUKIKO NAKATANI

ミシェル・ペイヴァー＝著
中谷友紀子＝訳

あすなろ書房

神々と戦士たちの世界

マケドニア
アルザワ
アルカディア
ミケーネ
アカイア
メッセニア
ラピトス
リュコニア
リュカス山
黒曜石諸島
タラクレア
背びれ族の島
白い山脈
女神の館
ケフティウ
エジプトへ
Π
W
E
S

アカイア

アルカディア
ミケーネ
先祖が峰
リュカス山
デントラ
メッセニア
沼地
ラピトス
平原
街道
リュコニア
カラス族の
見張り台
Π
W
E
S

目次

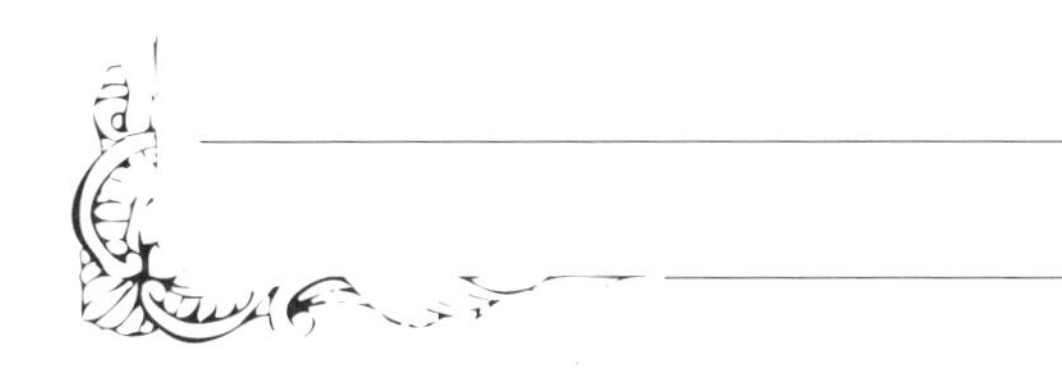

おもな登場人物

ヒュラス　よそ者と呼ばれるヤギ飼いの少年

ピラ　ケフティウの大巫女の娘

イシ　ヒュラスの妹

イタチ　沼の民の少年

石ころ　沼の民の少年

ペリファス　反乱軍の頭領

エキオン　反乱軍の生き残り

ノミオス　反乱軍の生き残り

テラモン　ヒュラスの親友。コロノスの孫

コロノス　ミケーネの大族長

テストール　テラモンの亡き父

ファラクス　テラモンのおじ

アレクト　テラモンの亡きおば

イラルコス　副官

ヘカビ　タラクレアのまじない女

ヤササラ　ケフティウの大巫女。ピラの亡き母

アカストス　謎の男

神々（かみがみ）と戦士たち

GODS AND WARRIORS

WARRIOR BRONZE

V 最後の戦い

01

波間に浮かぶ小舟

櫂をこぐヒュラスの背後に、メッセニアの陸地がせまっていた。夜の闇にまぎれてこぎだしてきたはずが、雲が風に吹きはらわれ、月が昼間のように明るくあたりを照らしている。

ふりむくと、ピラが青白い顔をこわばらせていた。その向こうには、いまめざしている岩だらけの岬の突端が見えている。岬の左には霧につつまれた沼地が広がり、右には黒々とした崖がそびえている。崖の上の見張り台にはかがり火がたかれ、カラス族の戦士たちの黒い影がその前を行きかっている。ぞくりとヒュラスの背筋に寒けが走った。いまにも矢が飛んできて、背中につき刺さりそうな気がする。

櫂が水しぶきをあげ、波が舟に打ちよせるたびに、心臓がはねあがる。夜は音がよくひびく。海の上ではとくにそうだ。カラス族たちに聞かれてしまわないだろうか。

たとえ聞かれなかったとしても、見つかるのは時間の問題だ。銀色の波間に浮かぶ小舟は、黒い木の葉のように目立っているにちがいない。おまけにその葉の上には、少年と少女にくわえて、少女の肩の上でまどろむハヤブサと、すっかり船酔いした雌ライオンまで乗っているのだから。

ハボックはヒュラスの前にうずくまり、気の毒なほど苦しげにあえいでいた。口の端からよだれをたらし、脇腹を波打たせている。さっき吐いたときには、ヒュラスがそれをかぶるはめになった。チュニック（ひざ上まである上着）はいやなにおいを放ち、後ろにいるピラは口で息をしている。

ハボックはひんやりとした黒い水面をしきりにのぞきこんでいる。ひと泳ぎしたそうだ。飛びこんだりしないでくれとヒュラスは祈った。崖の上の戦士たちに聞かれないはずがない。

ハボックがよろめきながら立ちあがった拍子に、舟は激しく揺れ、ひっくりかえりそうになった。

「ハボック、動いちゃだめ！」ピラが声をひそめて言った。

「じっとしてろ！」ヒュラスもそう声をかけながら、二本の櫂を片手にまとめて持ち、もう片方の手でハボックをおさえつけようとした。だが、ハボックのほうがヒュラスより倍も大きく、力は何倍も強い。あっけなくふりきられてしまう。

揺れのせいでエコーも目をさまし、ふきげんそうにキーッと鳴くと、空へ飛びたった。

「わたしたちも飛べたらいいのに！」ピラが言った。

ヒュラスはハボックをおさえるのをあきらめ、気を引きしめて櫂をにぎりなおした。

ありがたいことに、ハボックは泳ぐ気をなくしたらしく、耳をそばだて、しきりに鼻をひくつかせている。ようやく岬に近づいたのだ。

岬の突端は海の上に張りだしていて、その下に舟をかくせそうなくぼみがある。ヒュラスがそちらへ舟を進めると、ピラが小袋から小さな金のかたまりを取りだして海へ投げ、口のなかで女神に祈りを捧げた。きっとこう言ったのだろう――イシとコロノス一族の短剣が見つかりますように、カラス族をほろぼせますように。ヒュラスも心のなかで〈野の生き物の母〉に祈った。胸にさげた目玉の形をしたウジャトのお守りも役に立ってくれるはずだ。

沖のほうでバシャンと音がした。そのとたん、ヒュラスはカラス族のことを忘れ、波間に目をこらした。陸が見えだしてからというもの、イルカはいないかとずっと気にしていたが、まだ見つけられずにいた。いまもやはり、弓なりになって飛びあがる銀色の背中は見あたらないし、プシューという息づかいも聞こえない。

舳先が岩場にぶつかると、ハボックが音もなくそこへ飛びうつり、うれしそうに息をはずませながら尻尾をふり立てた。縄を持ったピラがそれにつづき、最後にヒュラスが舟をおりた。舟べりが岩にこすれる音を気にしながら、ふたりは張りだした岬の崖の下に舟をおしこんだ。ピラから受けとった縄で舟を岩に結んでいたヒュラスは、奥に小さな暗い洞穴があるのに気づいた。やけに音がひびくと思ったのは、そのせいだったのか。

「ここに道があるわ、岬のてっぺんに出られそうよ」ピラがささやいた。

ヒュラスは返事をしなかった。目にしみるようなこの樹脂のにおいは……マスチック（ウルシ科の常緑低木）のしげみだ。かぐのは二年ぶりになる。二年ものあいだ故郷をはなれてさまよい、ようやく帰ってきたのだ。

そのあいだに起きたなにもかもが現実のことではなかったような、ひどく奇妙な気持ちがした。タラクレアの鉱山で奴隷にされたことも、ケフティウでピラをさがしだしたことも、エジプトで短剣を見つけ、それを失ってしまったことも。十二歳の自分に逆もどりしたような気さえする。カラス族に野営地を襲われたあの恐怖の夜、飼い犬のスクラムは殺され、妹のイシともはなればなれになって……。

肩をたたかれ、ヒュラスは飛びあがりかけた。「ヒュラス、だいじょうぶ？　またまぼろしが見えるの？」

「いや、そうじゃない……」

「なら、行きましょ、見つからないうちに！」

ごつごつした岩場をはだしで歩くと、足の裏が痛んだ。イバラのとげにすねを引っかかれる。戦士たちがいる崖の上からはなんの物音もしない。

左にある沼地にはうっすらと霧が立ちこめている。どのあたりまで沼がつづいているのかも、どうすればそこを越えられるのかもわからない。そのあとどこをめざすべきなのかも。ヒュラスが育ったリュコニアは、山脈をはさんだ向こう側にあるから、メッセニアのことはまるで知らない。わかっているのは、そこが広大な場所で、カラス族に支配されているということ、そしてその広い土地のどこかに妹が――まだ無事でいるなら――かくれているかもしれないということぐらいだった。

メッセニアまでの船賃はたっぷりはずんだはずだった。なのに、陸地が見えたとたん、これ以上は近づけないと船長が言いだした。

「危険すぎる。カラス族と反乱軍がぶつかりあってるんだ。メッセニアでも、リュコニアでも」できるだけ船を岸に近づけてから、船長は小舟をふたりにくれ、幸運を祈ると言った。「だが、無事じゃいられないと思うぞ。カラス族がそこらじゅうにいるから。農民たちに助けを求めてもむだだ。おびえきっていて、告げ口されるのがオチだ。それから、なにがあっても沼地には足を踏み入れるな。カラス族でさえあそこには近よらない。沼の民も、昔は気のいい連中だったが、カラス族が来てからはすっかり変わっちまった。沼地に入る者がいれば、見さかいなく殺すだろうよ……」

さらに船長は、このあたりの海でイルカを見かけることがあるとも言った。「海岸のそばを行ったり来たりしているんだ」顔には畏敬の色が浮かんでいた。「まるで……だれかを待っているみたいに」それを聞いたとたん、ヒュラスの頭には、二度前の夏に友だちになったイルカのスピリットが浮かんだ。だから何度も海に身を乗りだし、やさしく口笛を吹いて友だちを呼んでみた。興味しんしんのイルカたちが何頭か寄ってきたが、くちばしに傷あとがある大きなイルカは見あたらなかった……。

樹脂のにおいのする生温かい風が吹きよせ、ヒュラスはわれに返った。スピリットのことは忘れるんだ、と心のなかでつぶやく。スピリットがいたからって、カラス族相手になにができる？

それでもやはり、会いたくてたまらなかった。

小道をのぼりだしてすぐ、先に立っているはずのハボックがいないことに気づいた。おかしい。腹ぺこだから、一刻も早く狩りに行きたがるはずなのに。

後ろをふりかえったとたん、ヒュラスの胃がちぢみあがった。「ハボック！」あわてて小声で呼びかけた。「来るんだ！」

「ハボック、だめ！」となりでピラも声をかける。

ハボックはふたりの声を無視した。岬の突端に立ったまま、目の前に打ちよせる波にすっかり気を取られている。

とうとうがまんしきれなくなったらしい。ヒュラスが近よろうとしたとたん、ハボックは盛大なしぶきをあげて水に飛びこんだ。魚がはねたのとは比べものにならないほど、騒々しい水音があがる。いまので戦士たちがかけつけなければ、どんな大きな音を立てても聞かれはしないだろう。

夜風がイバラのしげみを吹きわたる。波が岩場に打ちよせている。崖の上から声は聞こえない。

するりと水からあがると、ハボックは満足げに目を細めた――やっとすずしくなったし、きれいになっていい気持ち！　岩の上でぶるぶると体をふったかと思うと、ヒュラスとピラの横をすりぬけて、しげみに飛びこんだ。

崖の上はあいかわらずしんとしている。ふたりは胸の鼓動をおさえながらまた歩きだした。なんとかして岬の左へまわり、沼地を通りぬけないと……。

　エコーが頭上を横切り、ピラのすぐ前にある大岩に止まった。興奮したように翼を広げたまま、くちばしを大きく開けてふたりを見つめている。と、もう一度飛びたち、キーッ、キーッ、キーッとするどい鳴き声をあげた。

「どうしたんだ？　なにを見たんだろう」

　ピラが岬を見あげて身をこわばらせた。「だれか来るわ！」

*

「水音がしたぞ！」岬の上でくぐもった男の叫び声があがった。

「そりゃ、海なんだから、水の音くらいするさ。ばかだな」もうひとりの男が笑う。「波しぶきか、魚かなにかがはねたんだろ」

「いや、魚よりずっと大きいものだ」

　ヒュラスとピラはあわてて突端までもどり、洞穴の奥へ泳いだ。逃げこんではみたものの、かくれ場所にはふさわしくなかったとヒュラスは気づいた。これじゃ袋のネズミだ。

　洞穴は奥が深く、ならんで泳ぐには幅がせますぎる。ヒュラスが先を行き、ぬるぬるした岩肌やとげだらけのウニに気をつけながら進んだ。

　急に水が冷たくなってきた。昼のあいだも奥までは日の光がさしこまないからだ。つきあたりまで行くと、ふたりは身を寄せあい、波に揺られながら、くさった海草のにおいのなかで息をひそめた。足は水底にとどくが、天井が低いので、首から下は水につかったままだ。

　足音が近づいてこないかと耳をすましたが、洞穴にひびく波音しか聞こえない。ピラが暗がりのなかで黒い目を見ひらいている。長い髪が黒いヘビのように首にからみつき、くちびるも黒ずんで見える。

洞穴の外には、月明かりに照らされた海がのぞいている。ずいぶん奥までもぐりこんだようで、円い洞穴の口はこぶしをかざせばふさいでしまえそうだ。ヒュラスは舟に目をやった。外へ流されて、戦士たちに見つかってしまいませんように。

水の冷たさが骨身にしみ、歯を食いしばっていないとガチガチ鳴りだしそうになる。となりのピラも、ふるえをおさえられないようだ。

とつぜんピラが身をこわばらせ、ヒュラスの腕をつかんでささやいた。「いまの、聞こえた？　こっちにおりてきてる！」

ヒュラスにも聞こえた。小石を踏みしめながら、戦士たちが突端へ近づいてくる。

そのとき、ぬるぬるしたやわらかいものが脇腹をこすった。ヒュラスは悲鳴をこらえながら引きはがそうとしたが、それはずるずると胸を這いのぼってきた。つかみどころがないほどやわらかいくせに、ぎょっとするほど力が強い。もしも大ウナギなら、食いついたら最後、頭を切り落としてもはなれないはずだ。ヒュラスはナイフをぬいたが、ピラに手首をつかまれ、首をふって止められた。

「タコよ」と耳打ちされる。

ヘビのようにうねる足に吸いつかれ、胸から肩へとよじのぼられても、ヒュラスは必死でじっとしていた。首をひねってタコのほうを向くと、つきでたふたつの黒い目に見つめかえされた。ヒュラスが岩ではないと気づいたのか、タコはおびえたように白っぽい色に変わり、水底に沈んでいった。

小石をはねとばしながら足音が近づいてきた。やはり、突端まで来ようとしている。

ピラが身をふるわせ、おし殺した悲鳴をあげた。「なにかに刺されたわ！」

ヒュラスもふくらはぎに焼けつくような痛みをおぼえた。つづいて太ももにも。水のなかで必死にナイフをふりまわす。ピラもくちびるをゆがめながら、同じようにしている。

てのひらにも痛みが走り、ぐにゃりとしたかたまりが指のあいだをすりぬけた。指も火がついたように痛みだす。

「クラゲよ！」

洞穴の入り口に小石がバラバラと落ちてくる。

「聞こえたか」ぞっとするほど近くで男が叫んだ。張りだした岬の突端に立っているようだ。ひざをついて下をのぞきこまれたら……。

「なんだっていうんだ」もうひとりの男が笑う。「なにかいるにしたって、ずっと遠くだろ！」

ピラは体を丸め、音を立てないようにしながら必死でクラゲを追いはらっている。ヒュラスは自分の体でピラをかばいながら、ナイフでクラゲを引きはがした。突端の上にしゃがみこんだ戦士たちの姿が見えるようだった。黒い生皮の鎧に、ギラリと光る青銅の槍。タマネギくさい汗と、肌に塗りたくったつんとする灰のにおいまで感じられそうだ……。

そのとき、ヒュラスの耳にも水しぶきの音が聞こえた。沖のほうだ。

「あそこだ！」ひとり目の戦士が叫んだ。「ほら、おまえにも聞こえたろ？」

「いいから、ほっとけ」と相手が言いかえす。「それより、もっと近くでなにか音がしたぞ……」

さらに小石が落ちてくる。

「この下になにかいる」ふたり目の男が言った。「魚じゃない」

02

陸地の奥へ

また水しぶきの音がした。今度は、どちらの戦士もぎょっとしたようだ。「なんなんだ、あれは」ふたり目の男が声を張りあげる。

ピラがはっと息をのみ、円い洞穴の入り口からのぞく月明かりの海を見つめた。なにを見ているのか、ヒュラスにもわかった。一頭のイルカが弧を描くように飛びだし、まばゆい光を放ちながら、月光の道の上を一直線に向かってくるのだ。

イルカはぐんぐん近づいてきた。なめらかな銀色の背中と、くちばしの傷あとが目に入ったとたん、ヒュラスの心臓がはねあがった。イルカは洞穴のそばまで来るとすっと向きを変え、キラキラ輝きながら大ジャンプを見せると、ザブンと水に飛びこんだ。盛大に波がおしよせ、戦士たちが立っている岬の突端が水びたしになる。

二度目にジャンプしたとき、一瞬、スピリットの黒い目がヒュラスを見た。ありがとう、友よ。ヒュラスは心のなかで呼びかけた。やがて、イルカは姿を消した。

波が打ちよせる。スピリットはもうあらわれなかった。

水をかぶった戦士たちがせきこんでいる。「おまえが聞いたのも同じ音だろ?」ひとり目の男が腹立たしげに言った。「イルカだったんだ！　さあ、さっさと行こうぜ」

「わかりっこないだろう、イルカだなんて」さっきまで鼻で笑っていた男も、むっとしたように答えた。「とにかく、もどってきたら思い知らせてやる！」

つかみあっているような音。「槍をおろせ！　イルカは神聖なんだ、知らないのか」

「わかった、わかったよ！　もう行こう。ここは沼地に近すぎる。あそこの連中は幽霊みたいにしのびよってくるからな……」坂をのぼる足音が聞こえ、声が小さくなった。

「ありがとう、スピリット」ピラが小さくつぶやいた。

ヒュラスはだまっていた。もう一度スピリットの姿を見たかったが、もうそばにはいないとわかっていた。いまごろはきっと、沖で待つ群れのほうへ引きかえしているところだ。

*

クラゲはヒュラスの肩と胸にひりひりする水ぶくれを残し、あらわれたときと同じようにいきなりいなくなった。ピラも顔をしかめて、腕をさすっている。「なんだかもう、岬の上にのぼる気がしなくなっちゃった」

「ぼくもだ。舟にもどって、ほかに上陸できそうな場所をさがそう」

さて、どっちへ行けばいい？　岬の東側の海岸はカラス族が見張っている。

「でも、西に行くにしたって、どうしたら沼地に入りこまずにすむの？」ピラがきいた。

「船長の話だと、岬と沼地の境目に細い川があるらしい。もしも見つけられたら、そこをさかのぼって陸地の奥へ――」

「もしも、ね」

ひんやりとした洞穴にいたせいで、暑さの残る夜気のなかに出るとほっとした。月はまぶしいほど明るいが、霧が立ちこめ、海岸を白くつつんでいる。

張りだした突端の下から舟を引っぱりだし、ピラに櫂をあずけると、ヒュラスは水につかったまま、片手で舳先につかまって泳ぎはじめた。川を見つけるためだ。ともにタラクレアを脱出した元奴隷仲間のペリファスから教わったやりかたをためしてみるつもりだった。

「真水は海の水より冷たいんだ」ヒュラスはピラに説明した。「うまくいけば、温度の差で川を見つけられるかもしれない」

スピリットがもどってきてくれないだろうか。あきらめきれずにそう願いながら、ヒュラスはできるだけ岸に近づこうと、片手で水をかきはじめた。ピラも静かに櫂をこぐ。けれど、銀色に光る背中も見えなければ、つるりとしたくちばしが脇腹をこすることもなかった。そばにいるのは、キラキラ光りながら足にまとわりつく小魚の群れだけだ。スピリットはもどってこない。ヒュラスはそうさとった。

ずんと心が沈んだ。こんなことをしたってなんになる？　やりきれない思いで自分にきいた。短剣はカラス族にうばわれてしまった。どこにあるかもわからない。それに、イシだってとっくに死んでしまったかもしれないじゃないか。

はぐれてから二年のあいだ、妹のことは頭のすみにおしやるようにしてきた。考えるのがつらすぎるからだ。でも、こうしてアカイアへもどってみると、思いださずにはいられなかった。おしゃべりで小生意気な妹のことを……。

舟の上のピラがぶるっと身をふるわせた。「なんだかいやな感じがする」

ヒュラスも同じだった。まぼろしが見える前の、刺すようなこめかみの痛みではない。胸のむかつきや目の奥でちらつく閃光ともちがう。不安に心臓をわしづかみにされたような感じだ。

エコーがピラの肩に止まり、ピラは片手をあげてその足をなでた。エコーが体を丸め、翼のあいだに顔をうずめる。ピラは眉をひそめた。

「エコー、どうしちゃったんだ？」

「わからない。なんだか……なんだか、こわがってるみたい」

「エコーが？　でも、こわいものなしのはずだろ！　アリ以外は」

「そうよね。でも、そんな感じがするの」

そのとき、ヒュラスのまわりにいた銀色の魚の群れがさあっといなくなり、次の瞬間、なにかが月の前を横切った。あまりの速さに、鳥か雲かもわからなかったが、巨大なものだったのはたしかだ。つかのま月明かりがさえぎられたとたん、恐怖が黒々とした風のようにヒュラスの身のうちをかけめぐった。

空の上にいるそのえたいの知れないものは、あらわれたときと同じようにいきなり消え、とたんに月がまた輝きだした。ヒュラスもピラもだまりこくっていた。口にはしないものの、ふたりとも〈怒れる者たち〉のことを考えていた。カラス族が崇拝する、恐ろしい空気と闇の精霊のことを。

舟を進めると、急に水が冷たくなった。「ここが川だと思う」

「え、うそでしょ。ここ、沼なんじゃないの？」

揺らめくベールのような霧の向こうに、にぶい銀色に光る水の流れがのぞき、両岸には人間の背丈ほどもあるアシがしげっている。くさったようなむっとするにおいをただよわせているのは、茶色くかわいたガマの穂だ。低くしなだれたヤナギが霧につつまれて立ち、別のところには背の高いポプラがそびえている。河口をふさぐように倒れているのも、ポプラの枯れ木だ。白い骸骨のようなその枝に黒いカワウが三羽止まり、翼のあいだに頭をうずめて休んでいる。

「あんなとこ、入っていけないわ」ピラが言った。コオロギのせわしない羽音や、カエルの低い歌声までが、警告のように聞こえる。

目の前のアシが揺れ、ハボックがあらわれた。ピチピチとはねる大きな魚をくわえている。ヒュラスとピラをちらっと見てから、ハボックは倒木の上に飛びのった。目をさましたカワウたちが霧のなかに飛び去ると、幹の両脇にだらんと後ろ足をたらして腹這いになった。前足で魚をしっかりつかんで、むしゃむしゃとたいらげはじめる。

ヒュラスはふうっと息を吐きだした。「べつに警戒はしてないみたいだ」

「そりゃそうよ、ハボックはライオンなんだから！」

ヒュラスは舟によじのぼり、長くのびた金髪の水気をしぼった。「とにかくやってみるしかない。船長の話じゃ、沼の民はぼくと同じよそ者だってことだし――」

「でも、自分がよそ者だと、どうやって伝えるつもり？　船長は、見つかったとたんに矢が飛んでくるとも言ってたじゃない！」

「ピラ、あともどりするわけにもいかないだろ。それに、海岸ぞいはどこまでも沼地がつづいているみたいだ。ほかに方法があるか？」

*

骸骨のようなポプラの倒木に舟をつないで歩きだしたものの、アシのしげみにじゃまをされ、川をさかのぼるのはひと苦労だった。びっしりとしげったアシのあいだにはときどき泥だまりが待ちかまえていて、足を取られそうになる。

獲物をたいらげたハボックは、大きな四本の足で苦もなく泥のなかを進んでいた。それでも、ヒュラスのそばをはなれようとはせず、ときどき月と同じ銀色の目でちらっと見あげてくる――ほんとにこっちでいいの？

「いまの、見た？」とつぜん、ピラがささやいた。

「え、どこだ？」

「たいまつの明かりが見えたの。でも消えちゃったみたい……あ、あそこよ！」

川の向こう岸にぼんやりとした青い光がまたたいた。見えたと思ったとたん、ふっと消えた。

「もどりましょ」ピラが後ろで言った。

「もどってどうするんだよ。このまま川をさかのぼりさえすれば、沼地をぬけられる――」

「そこまでたどりつければ、でしょ。もし、沼の民に見つかったら――」ピラが悲鳴をあげてしがみついてくる。

カラス族の兜が銛に串刺しにされ、しげみのなかにつき立ててある。ピラはそれにぶつかりそうになったらしい。兜のてっぺんには、戦士風に編まれた長い黒髪のふさが何本か無造作にくくりつけられている。持ち主を示すものはそれだけだ。ふさの先には、大きくはぎとられた血まみれの頭の皮がぶらさがっている。

「ねえ、やっぱりもどりましょ。沼の民じゃなくたって、〝入るな〟って意味なのはわかるわ！」

「でも、これはカラス族に向けられたものだ、ぼくらじゃなく――」

「そう言いきれる？」

しばらくおし問答をしたあと、ピラの言葉にしたがって、ふたりはポプラの倒木のほうへ引きかえした。だが、霧のなかに骸骨のような白い枝がぼんやり浮かびあがったとたん、ヒュラスは足を止めた。「だめだ、もどれない」声がうわずる。「舟がなくなってる」

ピラがぽかんとした顔で見つめる。「でも、ちゃんとつないでおいたじゃない」

ヒュラスはくちびるをなめた。「相手は沼の民なんだ、ピラ。向こうが出てこないかぎり、見つけようがない」

こうなってはもう、川をさかのぼるしかない。

いくらも行かないうちに川幅はせまくなり、ヤナギにおおわれた小川に変わった。ヒュラスは視線を感じた。「はなれるな。まわりをかこまれてる気配がする」

そして周囲に聞こえるように、おだやかな声で呼びかけた。「ぼくはよそ者です。リュコニアのリュカス山から来ました。でも母さんは、みなさんと同じ、メッセニアの沼の民だったんです」

返事はない。かすかな夜風にアシがそよぎ、茶色くかわいたガマの穂が音を立てる。カエルとコオロギの歌声はすっかりやんでいる。

「ぼくは妹をさがしているんです」ヒュラスはつづけた。「二度前の夏、カラス族に野営地を襲われたとき、はぐれてしまって。名前はイシ。ここの言葉では、〝カエル〟という意味のはずです」

ハボックが霧のなかからぬっとあらわれ、ふたりはぎょっとした。鼻づらとあごにはキラキラした魚のウロコがこびりついている。ハボックはぬれた頭をヒュラスの太ももにこすりつけてから、霧の向こうをじっと見つめた。

ピラがヒュラスの手首にふれた。くっきりした目鼻立ちの顔は青ざめ、目はいっぱいに見ひらかれている。「呼びかけたってむだよ。耳を貸してくれないと思う」

ハボックが頭を持ちあげ、鼻をひくつかせる。尻尾もぴんと立てている。川上のほうにいるなにかの気配を感じたらしい。

そのとき、ヒュラスの目の奥で閃光が走り、燃えるような指がこめかみをつらぬいた。思わず頭をかかえ、しゃがみこんだ。

「ヒュラス！　まぼろしが見えるの？」

答えようとしても、言葉が出てこない。体じゅうの感覚がたちまちとぎすまされていく。ガマの穂から立ちのぼる青くさいにおいが見える。カエルの足の小さな吸盤がその穂にへばりつく音も聞こえる。ピラには水草しか見えないはずの川の真んなかから、水の精がせりあがってくる。

最初のうち、水の精は霧と月明かりだけでできたようなおぼろげな姿だったが、全身があらわれるにつれて、真珠のような光のかけらをまとい、まわりのアシと同じくらいはっきりと見えるようになった。水草のように波打つ緑の髪。冷ややかなすきとおったまなざしがピラの横をすりぬけ、一瞬ハボックに向けられてから、ヒュラスの目をつらぬいた。

うっすらとした笑みを浮かべながら、水の精は滴のしたたる長い腕をあげてヒュラスに手をさしのべた。まばゆく光るてのひらの上には、月明かりを浴びて黒っぽく見える小さなアマガエルがのっている。もう一方の手が、川上のほうへのばされる。

ヒュラスは黒い小さなカエルから目をはなし、その手を見やった。細長い指と指のあいだには、光る水かきがついている。そのとたん、なにを告げられているのかわかった。カエル。イシ。イシは沼地にいる。

沼の民のことは頭からふっ飛んだ。「イシはここにいるんだ！」ヒュラスはアシをかき分けて走りだした。「この沼地のなかに！」

「ヒュラス、もどってきて！」ピラが叫ぶ。

ヒュラスは耳を貸さず、川上めざしてぬかるみを走りつづけた。ハボックも後ろをついてくる。

と、なにかに足首をつかまれ、体が宙吊りになった。水面の上に片足一本でぶらさがった格好だ。どうやら、網のようなものにからめとられてしまったらしい。

同じように前足を取られたハボックが、短剣のようにするどいかぎ爪をつきだし、クモの糸のようにたやすく網を引きさいた。とたんにヒュラスはザブンと川に落ちた。

水面から顔をつきだし、水草を吐きだした。ハボックはとっくにアシ原にかけこんでいる。

おびえと怒りの入りまじった顔でピラが近づいてきた。「ちょっと、なに考えてたのよ。殺されてたかもしれないのよ！」

ばつの悪さで口もきけないまま岸によじのぼると、ヒュラスは足首にからんだ縄をナイフで切った。縄は魚の皮でこしらえられたもので、細いが、じょうぶだ。頭の上では小枝がゆらゆらと揺れ、その先端にはやぶれた網がぶらさがっている。枝をたわめてしかけてあったのだろう。

水の精はどこにも見あたらない。カエルたちがばかにしたように鳴いている。アシのしげみも、耳ざわりな笑い声をあげている。ピラの言うとおりだ。このわなが網ではなく銛だったら？　いまごろ自分かハボックは死んでいたかもしれない。

たいまつの明かりがまたあらわれた。チラチラと揺れる青い火がまわりを取りかこむ。だが、あいかわらず人影は見えない。

ヒュラスはウジャトのお守りをにぎりしめた。「ナイフはさやにおさめとくんだ」背中合わせに立つと、ピラにささやいた。

「ぬいてないわ」そう、ぬいても意味がない。まずいことになるだけだ。

「ぼくはリュコニアの山で育ちました」ヒュラスは揺らめくたいまつの輪に向かって呼びかけた。

「でも、母さんは沼の民で、みなさんの仲間だったんです」

沈黙がつづく。たいまつの輪がせばまりはじめた。

敵意がないことを示そうと、ヒュラスは両手をかかげてみせた。「妹をさがしてるんです。名前はイシ。カラス族に襲われたとき、行方知れずに——」

青い火はかき消えた。足元の地面に銛がつき刺さる。ヒュラスは飛びあがるのをどうにかこらえた。ピラも息をのんだが、じっとしている。

アシ原のなかから、くぐもったしゃがれ声が聞こえた。「一度聞けばわかる。あやしいやつめ」

03

沼の民

「おまえは仲間なんかじゃない」霧のなかから沼の民のひとりがあらわれ、吐きすてるように言った。

ずんぐりとした太鼓腹の男で、魚の皮でできた小汚いチュニックを着ている。短い手足には生ぐさい緑色の泥がこびりつき、頭には魚の皮でできた細い帯が巻かれ、でっぷりとした顔も泥で緑に染まっている。飛びでた目がカエルみたい、とピラは思った。

男はヒュラスが胸にさげたエジプトのお守りを顎で示した。「おれたちはそんなものを持っちゃいない。おまえみたいに、わなにかかったりもしない。大事な魚を食いちらかす黄色い怪物を連れてもいない。おまえが仲間なものか！」

「ふるさとはリュカス山です」ヒュラスは落ち着いた声で答えた。「でも、みなさんと同じ、野山で暮らすよそ者で――」

「それに、おまえ！」男がピラに顎をつきつける。「おまえもあやしい！」

「わたしはケフティウの人間よ」ピラは胸を張って答えた。「カラス族はわたしの敵なの」

沼の民が次々あらわれた。小柄でずんぐりとした者もいれば、ひょろりと背の高い者もいるが、みな魚の皮でできた服を着て、体は泥だらけだ。さらに何本もの銛がつきつけられた。

「ケフティウってのは海の向こうの国だな」しゃがれ声の男が言った。「この沼地には、仲間しか入れない」

「ピラはぼくの連れです」ヒュラスが答えた。「どこへ行くにもいっしょだ」

頃合いを見はからったように、ハボックがアシのしげみの奥からあらわれた。

沼の民はどよめいた。うやうやしくおじぎをする者もいる。銛の輪は左右に開かれたが、ハボックがヒュラスの横まで来て足を止めると、また閉じられた。

ヒュラスはハボックを落ち着かせようと頭に手をのせ、きっぱりと言った。「ハボックに手出しはさせない」

「そんなことをするわけがない」年寄りの男が言った。「その黄色い怪物がいなけりゃ、おまえはとっくに死んでるはずだ！」

「〝背びれ、羽、毛皮〟」別のひとりが謎めいた言葉を口にする。「来るんだ、おまえたち！」

*

沼の民には長がいないらしく、ピラにはだれもが同じに見えた。全員が魚の皮のチュニックを着て、いやなにおいのする緑色の泥を塗りたくっている。頭に巻いた細帯はくすんだ茶色で、女たちはその上に赤い草のひもを結びつけている。こちらをにらみつけている目は、どことなくカエルっぽい。

ナイフを取りあげられ、いかだに乗せられたときにふれられた手も、やはりカエルのようにじめっとしていた。三日月形のほおの傷あとを指でなぞられ、ピラは身ぶるいをこらえた。

エコーの姿は見あたらず、ふしぎなことに、ハボックまでまたふらりと消えてしまった。沼の民を警戒してはいないのだろうか。

いかだは沼地をすいすいと進み、やがてアシで編んだ平らな浮き台の前にたどりついた。浮き台はヤナギのあいだにうまくかくされ、うす暗い灯心草ろうそくがともされている。ヒュラスとピラを中央にすわらせると、沼の民はふたりを取りかこむようにしゃがんで、まわりから銛をつきつけた。

緑色のどろどろした粥が運ばれてきた。沼の民はそれに飛びつき、素手ですくっては、とがった灰色の歯を噛み鳴らしながら食べはじめた。そのあいだも、射るような目でピラたちのようすをうかがっている。食べ物には目もくれず、具合が悪そうにふるえている者も何人かいる。病気だろうか。

ふたりの前にも粥が置かれた。魚くさいにおいに、ピラは顔をしかめた。「なにが入ってるの？」

「考えるな」ヒュラスが言った。「いいから食べるんだ」

粥に入っているのはなにかの肉らしかったが、ひどいにおいがした。ヒュラスは少しだけ飲みくだしたが、ピラのほうは、指をつっこんでみただけで、吐きそうになった。

沼の民が気を悪くしたようにうなるのを聞いたとたん、ピラは銛につき刺されたカラス族の兜を思いだした。そこにぶらさがっていた血まみれの頭の皮も。しめっぽい手で髪をつかまれるところが目に浮かぶ。粥に入っているのはなんの肉だろう……？

浮き台がぐらついたかと思うと、飛びのってきたハボックがぶるぶると体をふるわせ、水をはじきとばした。沼の民たちは銛をかまえようとはせず、うやうやしく脇へ退いて道を空けた。

ハボックはそこを通ってゆっくり近づいてくると、あいさつのしるしにヒュラスに顔をこすりつけ、ピラの鼻にも鼻づらをくっつけてから、ふわあと大あくびをした。女が魚の入ったかごをその前に置いておじぎをしたが、ハボックはぺたんと尻をつき、泥だらけの前足をなめてきれいにしはじめた。おなかが真ん丸にふくれているから、たらふく魚を食べたあとなのだろう。沼の民があたえたのだろうか。

そのとき、ピラは思いだした。「〝背びれ、羽、毛皮〟。さっき言っていたあれは、どういう意味？」

カエルっぽい目が、いっせいに見ひらかれる。「〝背びれ〟の意味はわかってるんだよ」女が言った。

「大きな魚がカラス族を追いはらうのを見たんだ」男がつづける。

「この黄色い怪物は〝毛皮〟だろうしね。でも、〝羽〟がわからない」

ピラはくちびるをなめた。「わかると思うわ」そう言って腕をかかげ、口笛でエコーを呼んだ。

銛に手がかけられる。ハボックは軽く頭をもたげただけで、また前足をなめはじめた。

ピラはもう一度口笛を鳴らした。

ほっとしたことに、エコーが暗闇から舞いおりてきて、一同の頭上をさっとかすめてから、ピラがつけた革の籠手に止まった。ハボックとはちがい、エコーは見なれない人間たちを警戒しているようで、キーッと声をあげ、いつでも飛びたてるように翼を半分広げたままにしている。人々はどよめいているが、これが凶と出るか吉と出るかは、まだわからない。

年寄りの男がヒュラスに声をかけた。「おまえの母親は沼の民だと言ったな。なんという名だ？」

「知りません。おぼえてないんです」

またどよめきがあがる。納得がいかないらしい。

「父のことも知りません」ヒュラスはひるむことなくつづけた。「山の氏族だったということと、カラス族と戦うのをこばんだ、一族の面汚しだということしか」奥歯を嚙みしめる。「でも、ぼくはちがう。二度前の夏からずっと、ピラといっしょにやつらと戦ってきたんです。メッセニアに来たのも、やつらから……大事なものをうばうためと、妹を見つけるためなんです」顔が苦しげにゆがむ。「さっき、この沼地であるものを見て、わかりました。妹はここにいると――」

「どこもかしこもカラス族におさえられてる」別の男がさえぎった。「北のほうの反乱軍はもう攻めほろぼされた。やつらは無敵だ。聖なる短剣があるからな。勝ち目はないんだ」

ピラとヒュラスは目と目を見交わした。沼の民も短剣のことを知っているらしい。「短剣はいまどこに？」ピラはきいた。

少女が泥まみれの手をおずおずとあげた。「若いカラス族の隊長が、北の反乱軍の生き残りを狩りたててるの」

ピラはヒュラスのほうを見るのをこらえた。〝若いカラス族の隊長〟というのは、テラモンにちがいない。

人々が口々にまくしたてる。

「父親のテストールが死んで……」

「北の戦いで命を落として……」

「ファラクスがいまリュコニアの反乱軍を攻めているところで……」

「大族長のコロノスがラピトスの要砦に移ったらしい……」

「短剣だけじゃない、やつらには〈怒れる者たち〉まで味方についているから……」

何人もがおびえたように夜空を見あげた。

女が声をひそめて言う。「新月の夜、コロノスは〈怒れる者たち〉を呼び集めたんだ。リュカス山の赤い峰にのぼって、黒いマツの木立のなかで、黒い雄牛を生け贄にして焼いたんだよ。そうやって、やつらを味方につけたのさ……」

「それからというもの」と別の者がつづきを引きとる。「恐ろしげな叫び声が風に運ばれてくるんだ。空は晴れわたっているのに、なぜか雲の影が落ちたり。恐怖が霧みたいにアシ原をつつみこんで、仲間が熱病でやられだして……」

「〝背びれ、羽、毛皮〟ってのはね」女が言った。「〈怒れる者たち〉から身を守るための呪文なんだよ。あんたたちはその呪文に関わってる。ここにいてもらうよ。あたしたちを守るために」

*

エコーが飛びたち、近くのヤナギの木に止まった。ハボックはすぐそばに立って、大きな金色の目でヒュラスの胸につきつけられた銛を見つめている。

落ち着いて、とピラはヒュラスの腕をおさえたが、ヒュラスはそれをふりはらい、声を荒らげた。

「ぼくたちをつかまえたって、カラス族は倒せない。〈怒れる者たち〉からも逃げられやしない！」

「なんでわかるんだ」男のひとりが冷ややかに言う。

「おまえたちだけじゃ、沼地をぬけられやしないぞ」と別の男。「だれも助けちゃくれない。黄色い髪のよそ者と、傷あとのあるケフティウの娘っ子をさしだせば、カラス族からほうびをたっぷりもらえるしな」

ピラははっとした。「わたしたちが来るって、やつらは知ってるってこと？」

「沼地を一歩出たら、だれも信用できないぞ！　ここにいるしかないんだ」また別の男が言う。

「だめだ」ヒュラスが奥歯を嚙みしめながら言う。「妹をさがさないと。この近くにいるはずなんです！」

泥まみれの顔がいっせいにヒュラスへ向けられる。

「はぐれたとき、妹は九歳でした」ヒュラスが声をつまらせた。「もうじき十二になるはずです。ぼくと同じ、金髪で――」

「カラス族に攻められたとき」年寄りの男が言った。「山のほうから逃げてきたよそ者たちがいた」

短い指が四本つきだされる。「小僧が四人だ。娘っ子はいなかった」

ヒュラスは聞こえなかったようにつづけた。「あの子はすごく騒がしくて、いつだっておしゃべりしたり、歌を歌ったり、ブツブツ文句を言ってばかりでした。それに、生き物たちと仲良くなるのが得意で……いちばんのお気に入りはカエルだったから」声がかすれる。「いつだったか、ナイフの柄にカエルを彫ってやったんです」

ピラはヒュラスが気の毒でならなかった。イシが無事だと、必死で信じこもうとしているのがわかる。

けれど、年寄りの男は首をふって断言した。「小僧ばかりだ。娘っ子はいなかった」

「あの子は死んでなんかいない！」ヒュラスが叫んだ。「死んでいるならわかるはずだ！ 幽霊が見えるはずだ！」

それを聞いて一同はふるえあがり、さらに銛をつきつけた。

ヒュラスがにらみかえす。ハボックも耳をぺたんと倒し、牙をむきだしてうなり声をあげた。

「〝背びれ、羽、毛皮〟」ピラはあわてて言った。「呪文だって言ったけど、どうやってそれを知ったの？」

沼の民はだれが答えるべきかと迷うように、顔を見あわせた。銛がおろされる。

「去年の夏」ひとりの男が口を開いた。「沼地に灰が降ったとき、まじない女があらわれたんだ」

「その人が、熱病にかかった仲間を大勢なおしてくれたんだよ」と女がつづける。「熱病にやられるとたいてい死んじまってたのに、教わったとおりにつくった薬で、助かったんだ」

「ずっとここにいてくれとたのんだんだ」男が話を引きとる。「〈怒れる者たち〉からも守ってほしいとな。だが、断られた。無理に引きとめるわけにもいかなかった。でも、ここをはなれるとき、その人は魔除けの呪文を教えてくれた」男は首からさげたみすぼらしい小袋に手をふれた。全員が同じものを身につけている。

「まじない女は、精霊のお告げを占ってくれたんだ」女がまた口を開く。「お告げはこうだった――〝彼らは背びれと羽と毛皮とともに来るだろう。そして邪悪なる者たちと戦うだろう〟」

ピラはヒュラスをひじでつついたが、なんの反応もなかった。妹のことで頭がいっぱいなようすで、うつむいている。

「そのまじない女はどこへ行ったの?」ピラはきいた。

女が手をかざした。「東の山脈にある聖所をさがしに行くって。もう着いたはずだよ。あのあたりにあるカラス族の野営地が荒らされてるみたいだから。まじない女が呪文でつくりだした、影の盗人にね」

「影の盗人?」ピラは眉をひそめた。

「子どもみたいに小さくて、ものすごくずるがしこいんだ。カラス族の水袋に穴をあけたり、肉をくさらせたりするそうだよ。自分のしわざだって知らせるために、小さな粘土のカエルを残していくんだとさ」

ヒュラスがぱっと顔をあげた。「どこにいるんです?」

「まじない女のところさ。デントラっていう聖所だよ」

「イシかもしれない! その影の盗人が、妹かもしれない!」

「でも、ヒュラス」ピラは静かに答えた。「カエルが好きだからって、それがイシだとはかぎらないわ。それに、呪文で生みだされた影みたいなものだそうだし……」イシはもう死んでしまい、まじない女がその魂をあやつっているのではないだろうか。ピラは内心そう思っていた。

「イシはよく粘土でカエルをつくってた」ヒュラスはゆずらない。「つくれるのはそれだけだったんだ！」そして、沼の民のほうへ向きなおった。「影の盗人に会わなきゃならない。そこへ連れていってください！」

「だめだ、ここにいろ！」

「おまえたちは呪文に関わってるんだ！」

「〈怒れる者たち〉からあたしたちを守ってもらうよ！」

「〈怒れる者たち〉から身を守ることなんてできるもんか」ヒュラスは怒鳴った。

エコーがキーッと鳴いて飛びたち、ハボックもうなり声をあげながらかぎ爪で床を引っかく。ピラはハボックの首をおさえ、ヒュラスを目で制した。

「そのまじない女の名前は？　どこから来たの」

「きいてどうするんだい」老婆が吐きすてるように言う。

ピラはすっくと立ちあがった。「わたしはケフティウの大巫女ヤササラの娘よ。まじない女なら何人も知ってるの。いいから教えなさい！」

「どこかの島から来たと言ってたがね」しぶしぶ答えが返ってくる。「爆発が起きて、黒い灰をまきちらした島から。カラス族にその島をうばわれたから、命をかけて復讐するつもりだって」

ピラの心臓が波打ちはじめた。「ここのところに白い髪の筋がなかった？」こめかみの横の髪にふれてみせる。

一同はあっけに取られた。

「その人はヘカビ。タラクレアで会ったわ。火山が爆発したとき、わたしたちは島の人たちを助けたの」

おお、とどよめきがあがる。

「ヘカビのまじないはとんでもなく強力なんだ」ヒュラスがつけくわえる。

「きげんをそこねたりしないほうが身のためよ。まちがいない、ヘカビはわたしたちを自由にしろって言うはず」

*

沼の民はハボックから少しはなれた場所にうやうやしくしゃがみ、すやすやと眠る姿を見守っていた。ハボックはへそを天に向けて寝そべり、エコーがその腹に止まって、毛皮についたダニをついばんでいる。

ヒュラスとピラは、話を聞かれないように浮き台のすみにさがっていた。コオロギの羽音が変わりかけ、沼地の鳥たちも目ざめはじめている。じきに夜が明ける。

ようやく沼地の外へ案内してもらえることになった。でも、どこをめざせばいい？

「この人たちの言うとおりなら」ピラは小声で言った。「短剣は北にいるテラモンが持ってることになる。そして、あなたの言うとおり、影の盗人がイシなら……東の山脈にいることになる」そこでヒュラスを真っすぐに見た。「両方同時には追えないわ」

ヒュラスはあぐらをかき、けわしい顔をしたまま、親指の爪で浮き台の床を引っかいている。頭のなかで、ふたつの思いがせめぎあっているのがピラにはわかった。二年ぶりにようやく妹の手がかりをつかめたのに、短剣を手に入れるためには、それをあきらめないといけない。

「先にイシをさがしに行けばいいわ」ピラは提案した。「それから短剣をうばいに行けば……」

「そうはいかない」ヒュラスはうなだれたまま、ぼそりと言った。「短剣をうばいそこねたら、どれだけの反乱軍が命を落とすことになると思う？　カラス族の手に短剣がわたったのは、ぼくのせいなのに。このぼくの！」

「わたしのせいでもあるでしょ」

「いや、ちがう。ぼくが、やつらにわたしたんだ」

そのとたん、ピラはエジプトの〈大いなる川〉での戦いを思いだした。のどにつきつけられたナイフと、ヒュラスに投げかけられたテラモンの叫び声――短剣をこっちへ投げるんだ……でないとこいつを殺す！

「後悔してる？」ピラは静かにきいた。

「するわけないだろ！　でも、そのせいで、カラス族はアカイアじゅうを荒らしまわって、反乱軍を皆殺しにしてるんだ」ヒュラスはふうっと息を吐きだした。それから背筋をのばし、肩をそびやかした。「決めた。ぼくは短剣をさがしに行く」

ピラは身をこわばらせた。「ぼくらは、じゃないの？」

ヒュラスが目を合わせる。「ピラ……ここはふた手に別れるしかない」

ピラはぞっとした。「どういうこと？」

「きみは沼の民に案内してもらって、東の山脈に行ってくれ。山頂にあるデントラの聖所へ。運がよければ、そこでヘカビに会えるだろうし、それに……それに、たぶん……イシも見つかる。そのあいだに、ぼくは北へ行く。短剣をうばいに」

「ちょっと、どういうつもりよ」ピラはかっとした。「ついさっき、どこへ行くにもいっしょだって言ったくせに。もう忘れたの？」

「ピラ……わかるだろ、こうするしかないんだ」

「わからないわよ！　わかってるのは、ほかにも理由があるってこと！　まぼろしのせいなんでしょ、ちがう？　それを気にしてるのよ。エジプトで言ったわよね、だんだんはっきり見えるようになってきてるって。そのせいで、わたしを守れなくなるのを心配してるんでしょ！」

「当然だろ！」

「ヒュラス、自分の身は自分で守れるわ。あなたに守ってもらわなくてもね！」

「へえ、そうか！　でも、今回はぼくの案にしたがってもらうぞ！」

怒りと恐れと心細さで、ピラは吐き気をおぼえた。えたいの知れない人々に連れられて、行ったこともない山奥へ向かうだなんて、考えただけでたえられなかった。故郷のケフティウとはまるでちがう異邦の地で、顔も知らない少女をさがさなければならないなんて。ヒュラスからも遠くはなれて。

なんでそんなに落ち着いていられるの。そうヒュラスに怒鳴りたかった。いま別れてしまったら、二度と会えないかもしれないって、わかってるの？

けれど、自尊心がじゃまをして、いやだとつっぱねることも、だだをこねることもできなかった。

「わかった」声がふるえた。「わたしがイシをさがしに行く。あなたは短剣を見つけて」

04 ふたつになった群れ

最初のうち、雌ライオンは少女が怒っているわけがわからなかった。なぜ少年と口をきかなくなってしまったんだろう。なぜはなればなれになってしまったの？

泥まみれの小さな人間たちのせいではないはずだ。なんの害もないことは、ちょっとにおいをかいだだけでわかった。害になるどころか、いつも魚をくれるので、すっかり気に入っていた。

それに、この場所も気に入った。〈大きな水たまり〉の上でぐらぐら揺られて、吐いてばかりでなくなったのが、心底うれしかった。ここは少ししめっぽいけれど、爪とぎにおあつらえ向きのざらざらした木もあるし、かくれるのにちょうどいい広いアシ原もある。水浴びもできるし、ぬるぬるした気持ちのいい泥もたっぷりあるから、足も冷やせる。なにより、悪者のカラス人間や犬たちがいないのがいい。

それに、獲物もたくさんいる！　カエルに、カモ、サギ。横歩きをする小さな生き物は、クモに似ているけれど、ふしぎなことに、パリパリした殻におおわれている。魚もいっぱいだ。水の底には自分と同じくらい大きな魚がひそんでいるし、泥まみれの人間たちが小さな魚をつかまえて草の袋に入れているから、それをやぶって開けるのも楽しい。

　そう、ここは群れが暮らすのにぴったりだ。なのに、どうしてほかのみんなはよそへ行こうとするのだろう。

　ハヤブサが落ち着かなげなのは、いつものとおりひと目でわかった。ふだんなら〈闇〉のあいだは木の上で退屈そうに眠っているのに、いまはしょっちゅう目を開けて〈上〉を見あげ、ふきげんに翼をはためかせてから、また眠りに落ちるのだった。そんな姿を見ると、おなかがきゅっとよじれるような感じがした。ここに着いたとき、頭の上をかすめた黒い影を思いだすからだ。それに幼いころ、眠りのなかに出てきてこわい思いをした、悪霊たちのことも。

　その悪霊のことを考えるとぞっとするので、二度とあらわれてほしくはなかった。そのためにも、アシと泥がいっぱいの安全なこの場所にいるのがいちばんなのだ。

　なのに、少年と少女はアシ原の外へ向かっていく。それも、別々の方向に。

　すべての人間がそうであるように、ふたりの足取りはゆっくりで、足音も立てるので、あとをつけるのはかんたんだった。〈光〉が明るくなると、雌ライオンはアシ原の端までかけていって、その外にあるもののにおいをかいだ。草や、ウサギや、シカや、山のにおいを。それからまた小走りでもどって群れのようすをたしかめに行くのだった。それをくりかえすたびに、少年と少女がどんどんはなれていくのが不安でしかたなかった。

　いまもまたもどってみると、ふたりはいっそう遠くはなれていた。少年は泥まみれの小さな人間を何人か連れて歩いている。少女のほうは別の方向にある山をめざし、ずいぶん先まで進んでいた。アシ原のはずれで待っていたふたりの泥人間もいっしょだ。

　さっぱりわけがわからない。雌ライオンは少年のそばへ引きかえし、太ももに鼻づらをこすりつけながら、のどをゴロゴロ鳴らして甘えた。

　少年はかがみこんで、おでことおでこをくっつけ、人間の言葉で話しかけてきた。低くかすれた、悲しそうな声だ。それから雌ライオンをおしのけると、声をするどくして、少女とハヤブサが向かった山のほうを指さした。そのあとはもうふりかえらず、背中を向けて歩きだした。

　雌ライオンはあとを追い、ふざけて足をすくって少年を地べたに転がすと、前足で頭をかかえてちょいとつついた。すると、少年はそれをはらいのけ、すぐに立ちあがってしまった。そして強い調子でまたなにか言った。もう一度山を指さす。

　これはきっと、新しい遊びなんだ。雌ライオンは少年に飛びついて、前足を首に巻きつけ、いっしょにいられてどんなにうれしいか、ライオン流にうなり声で伝えた。

　ところが、少年は力まかせにまたおしのけ、今度は山を指さしながら怒鳴った。怒ってるんだ。雌ライオンははっとした。けれど、その声には悲しみもかくれているのがわかった。

　そのとき、なにを言われているか気づき、鼻づらに嚙みつかれたような気がした。ついてくるな、少女とハヤブサといっしょに山へ行け、ということだ。

　それじゃ、群れがふたつに分かれちゃう！

　雌ライオンはぺたんと尻をつき、とほうに暮れて少年を見あげた。すっかり大きくなったことも忘れて、子どもみたいに泣きべそをかいた。だめ、だめ、群れはいっしょにいなきゃ！

　少年は、ヒック、ヒックと声をもらしながら、前足で鼻づらをこすっていた。やがて、くるりと後ろを向いて、重い足取りで歩きだした。

　雌ライオンは弱々しく呼びかけながら、木々の下を歩み去る少年の後ろ姿を見つめていた。でも、ふりかえってはくれなかった。

あいかわらず泣きべそをかきながら、雌ライオンはうろうろと歩きまわった。少年のあとを追いかけようとしたものの、思いとどまった。岩の上に飛びのって、少年の姿が見えなくなり、風でにおいがかき消されるまで、ずっと見つめていた。そのまま待ってみたけれど、もどってはこなかった。本当に行ってしまったのだ。

体のなかにぽっかりと穴があいた気がした。なにも食べないまま、〈光〉と〈闇〉を何度もすごしたみたいに。いや、それよりもずっとつらい。

少年が去ってしまったのが信じられなかった。ただの遊びだったらどんなにいいか。そのうち、いつもの息切れしたみたいなへんてこな笑い声をあげながら、やぶの奥から飛びだしてきて、自分を呼んでくれたら……。

でも、上にいる〈大ライオン〉が高く昇るまでしんぼう強く岩の上で待ってみても、聞こえてくるのは、鳥のさえずりと、木々が風とおしゃべりする声ばかりだった。

なにがいけなかったんだろう。どうしてあの子はわたしをきらいになってしまったの？

しかたなく、雌ライオンは岩から飛びおり、少女とふたりの小さな泥人間のにおいのするほうへ、とぼとぼと歩きだした。

〈大ライオン〉がさらに高くなっていく。丘をのぼるにつれて、あたりはほこりっぽく、暑くなってきた。ときどき人間のねぐらがあらわれ、おいしそうなブタやヤギが見つかった。森のなかにはシカがたくさんいて、おまけにむっとするイノシシのにおいもぷんぷんしていた。でも、立ちどまらなかった。少女と泥人間たちのにおいを、ためらいながらもたどりつづけた。ほかに行くあてもない。けれど、本当に追いたいのはそのにおいでも、においの主でもなかった。少年じゃないからだ。

こんなことあっていいはずがない。どうしてあの子はついてくるなと言ったのだろう。なぜ少女は追いかけないのだろう。

なにもかもめちゃくちゃで、まちがっている。自分たちは群れなのだ。群れはなにがあってもはなればなれになっちゃいけない。いっしょにいないといけないのに。

05

カラス族の野営地

馬のいななきが聞こえ、ヒュラスはシダのしげみにしゃがみこんだ。坂の下のほうで男たちの声があがり、たき火のにおいがする。

マツの幹から幹へと身をかくしながら、ヒュラスは静かに斜面をくだりはじめた。シダのあいだからようすをうかがう。

三十歩ほど下に、カラス族の野営地が見えた。案内役の沼の民に聞いたとおり、テラモンは軍勢の大半を北に残して反乱軍を片づけさせ、自分はわずかな手勢を率いて南へくだってきたらしい。

短剣はテラモンが持っているのだろうか。それとも、山向こうのラピトスの先祖伝来の要砦にあるのだろうか。どちらとも決めつけられないが、テラモンのことならわかっている。虚栄心が強く、それがどんどんひどくなっている。エジプトで手にした短剣を、手ばなしたくはないはずだ。コロノスやファラクスにさしださずにすむ方法を思いついたかもしれない。だとすれば、いまも自分で持っているはずだ。

カラス族の野営地は丘の中腹に位置していた。ヒュラスの左側には、両岸にクリの木がならんだ小川が流れていて、小道が一本、その先にある渓谷へとつづいている。黒い生皮の鎧を着た戦士がふたり、小川で足を冷やし、別の三人は火にかけた鍋の番をしている。二十歩ほど川下でも火がたかれ、四人の戦士がかたまっている。だれもがほこりまみれで、疲れきっているようだ。

野営地の右側には深い涸れ谷があり、崖のふちのマツの木陰に、ひとつだけ天幕が張られている。緋色の羊毛でできていて、隊長用の天幕だとひと目でわかる。テラモンはそこにいるはずだ。

ヒュラスのすぐ下には、戦車用の馬が二頭杭につながれ、草を食んでいる。そばにはりっぱな金張りの二輪戦車が解体されて置かれている。ヒュラスは苦笑いした。戦車や馬は、こんな山のなかではたいして役に立たない。高価で貴重なものを好むのは、いかにも見栄っぱりなテラモンらしい。家来たちが馬の世話をしたり、解体された戦車を運ぶのに苦労しても、平気なのだろう。平地に着いたら、すぐに戦車を組みたてさせ、家来の前で得意げに馬を走らせてみせるにちがいない。

やせ細った奴隷があわてたように天幕から出てきて、大きな青銅のたらいを持って小川へ水をくみに行った。まもなく、また天幕の垂れ布がめくれ、テラモンが姿を見せた。

三か月前にエジプトで見たときよりも、身なりはいっそうりっぱになっている。イノシシの牙のかけらが張りつけられた兜のてっぺんには、黒くつややかな馬の尾の毛があしらわれ、兜も生皮ではなく、みがきあげられた青銅に変わっている。キルト（巻きスカート）を巻いた腰はまばゆい青銅の薄板で幾重にもおおわれ、ひざから下は青銅のすね当てで、ひじから先は青銅の籠手で守られている。体に合わせてつくられた胸板は午後の日ざしを浴びてきらめき、おまけに大きな肩当てもしているせいで、伝説のなかの英雄のように見える。肩からななめにさげた吊り剣ベルトには、金張りの柄の長剣がおさめられている。だが、ヒュラスの目が吸いよせられたのは、腰のベルトにさげられた緋色のさやのほうだった。飾りけのない、すっきりとした柄がつきだしている。

心臓が激しく脈打ちはじめた。まちがいない、コロノス一族の短剣だ。

どうするべきか、すぐに決まった。まずは戦士たちが寝しずまってからこっそり斜面をおりて、逃げ道を確保する。マツの木に縄を結び、涸れ谷にたらしておいて、いざというときに使えるようにしておく。それから馬たちを追いたて、テラモンと家来たちがそのあとを追うように、思いつくかぎりの神々に祈りを捧げる。それが無理なら、ちょっとのあいだ気を取られてくれるだけでもいい。そのすきに短剣をくすねて、涸れ谷に逃げるしかない。

たいした計画とはいえない。だいいち、縄が涸れ谷の底にとどくかどうかもわからない。テラモンは短剣を天幕に残していかず、身につけたまま馬を追うかもしれない。それでも、思いつけるのはそれくらいだ。ぐずぐずしているひまもない。テラモンが残りの軍勢と合流したり、ラピトスにもどったりすれば、短剣には二度と手がとどかなくなる。

「夜どおし火をたいておけ」テラモンが家来に言いつけた。「天幕にも火鉢を持ってこい。野営地のまわりにもたいまつをかかげて、夜明けまで見張りをふたりつけるんだ」

戦士たちは肩を落とした。「ですが、若君」とひとりが答える。「このあたりに反乱軍は多くありません。それに、薪をたくさん集めなければならず――」

「それがどうした」テラモンは言い放った。「言われたとおりにしろ」

「かしこまりました」

テラモンは背中を向けると、肩をそびやかして天幕にもどった。家来たちがブツブツ文句を言いながら、重い腰をあげる。

ヒュラスはシダのしげみに引っこみ、日の入りを待った。

＊

コオロギの歌声がゆっくりになり、太陽が沈むと、谷間に影が落ちはじめた。空には雲がたれこめている。よし。月明かりにじゃまされることもない。

山の峰で雷鳴がとどろき、はるか南にいるハボックとピラを思って、ヒュラスの胸はしめつけられた。でも、ピラたちと別れたのは正しかったはずだ。それはまちがいない。いっしょにいたら、危険はずっと大きくなる。

斜面の下では、戦士たちが薪をかかえて野営地にもどってきた。くたびれはてたようすでそれを火にくべ、野営地をかこむようにたいまつをつき刺してまわってから、青銅の火鉢と山ほどの薪をテラモンの天幕に運びこんだ。それがすむと、ようやくたき火のそばに腰をおろし、食事をはじめた。タマネギっぽい粥のにおいが上までただよってくる。

あたりが暗くなりかけたころ、戦士のひとりが立ちあがり、あくびまじりに馬たちのほうへ歩きだした。黒い馬はつながれた縄をほどかれるとうれしげにいなないたが、尻尾とたてがみの黒い栗毛の馬のほうは、耳をぺたんと倒し、黄ばんだ歯をむきだして、戦士を蹴りつけようとした。

「あっちへ行け、この怪物め！」戦士は怒鳴り、棒をつかんで馬の頭を思いきりなぐりつけた。それから、おとなしいほうの黒い馬を小川に連れていき、水を飲み終えるのをいらだたしげに待った。夜の静けさのなかで、馬がゆっくりとうれしげにのどをうるおす音がひびいた。

黒い馬を草地へもどしたあと、戦士は棒をかまえて、用心しながら栗毛の馬に近づいた。馬は耳を倒し、食い入るように棒を見つめている。そして、縄をほどこうと戦士が前かがみになったとき、その太ももに嚙みついた。

激怒した戦士がうなり声をあげて、馬のひたいに棒をたたきつけた。馬はいななき、後ずさる。

「なら、おまえは飲むな！」戦士はそう怒鳴り、荒々しくたき火のそばへもどっていった。仲間たちから、からかうような笑い声があがる。

栗毛の馬はしきりに縄を引っぱりながら小川へ行こうとするが、遠すぎてとどかず、ただ見つめるばかりだ。水音が聞こえるのに、のどをうるおせないので、つらくてたまらないのだろう。

馬の骨張った鼻と傷だらけの脇腹には見おぼえがあった。ジンクス。そうだ、おぼえてるよ、きみはジンクスだろ、とヒュラスは心のなかで呼びかけた。もう一頭の黒い馬はスモークだ。

二度前の夏、この馬たちはテラモンの父で、リュコニアの族長のテストールのものだった。テラモンは馬たちと戦車を無断で借りて、ヒュラスを助けに来てくれた。逃げる手伝いもしてくれた。あのころ、ふたりは親友だった。

ヒュラスの心はずんと沈んだ。ふたりは友だちだった……テラモンは父と暮らすラピトスの要砦をぬけだしては、ヒュラスとイシといっしょにリュカス山を歩きまわったものだった。ハチの巣のミツを失敬して、ひどい目にあったこともある。初めていかだをこしらえたのも、泳ぎをおぼえたのもいっしょだった。テラモンは怒りくるった雄牛からヒュラスを助け、ヒュラスはきげんの悪い雌ライオンの洞穴からテラモンを救いだした。

あの日々はどこへ行ってしまったのだろう。一族の者たちと関わらず、長年リュコニアを平和に治めていたテストールが戦いで命を落とし、その息子のテラモンは、冷酷で、傲慢で、血に飢えた戦士になってしまった。いったい、どうしてこんなことに?

夜がふけていった。コウモリが頭上を飛びかっている。ヒュラスは睡魔と闘った。

斜面の下では、馬たちが頭をたれて眠っている。ふたりの見張りはたき火のそばで槍にもたれかかり、ほかの者たちはマントにくるまり、眠りこんでいる。

テラモンの奴隷は天幕のすぐ外の地べたに横になっている。なかに置かれた火鉢の火が緋色の天幕を照らしだしている。テラモンらしき黒い影が行ったり来たりしているのが見える。ときどき杯を口に運んでは、何度も立ちどまって地面に置かれた瓶からおかわりを注ぎ、その合間に、手元につけたなにかをいじっている。きっと印章だろう。落ち着かなくなるたび、それをいじるのがくせだったから。

いまも落ち着けずにいるのだろうか。でも、反乱軍はもう倒したのに、なぜまだ襲撃を恐れているのだろう。涸れ谷のふちに天幕を張らせたのは、そちら側から襲われることがないようにするためだろうか。野営地のまわりにたいまつをかかげさせたのも、暑いほどの晩だというのに天幕に火鉢を運ばせたのも、用心のためなのだろうか。

真夜中をすぎても、テラモンは歩きまわっていた。ヒュラスの足がこわばり、引きつりはじめた。目を開けているのもつらくなってくる。

天幕のなかの黒い影はようやく動きを止めた。ひざをついて、なにかをベルトからぬいたようだ。短剣だろうか。それから箱らしきもののふたを開け、ぬいたものをなかにしまって、注意深くふたをもどした。

ヒュラスの眠気はふっ飛んだ。タラクレアで見た、みがきあげられた細長い木箱が目に浮かんだ。カラス族はそこに短剣をおさめていたはずだ。

小川のほとりにいる戦士たちはまだ眠りこんでいて、見張りのふたりもうとうとしている。野営地は暗がりにつつまれ、たいまつの火がところどころにともされているだけだ。

テラモンがついに横になり、ひとしきり寝返りを打ったあと、ようやく動かなくなった。

ヒュラスは足音をしのばせて斜面をくだった。まずはマツの木に縄をくくりつけて逃げ道をつくり、それから馬をおどかすのだ。

馬たちを起こしてしまわないように風下を歩くと、解体された戦車が目についたので、そこに自分の水袋と、案内してくれた沼の民が別れぎわにくれた食料の袋をかくした。そしていっしょにもらった、魚の皮でつくられたじょうぶな縄を肩にかついだ。

小川のそばにいる戦士がなにやら声をあげた。ヒュラスは戦車の車輪の陰に飛びこんだ。寝言だったらしく、戦士は寝返りを打った。見張りも目をさまさなかったようだ。テラモンの天幕からも、ときどきいびきがあがるほかは、なんの音も聞こえない。

ヒュラスは天幕の裏にしのびより、涸れ谷のふちのマツの木に近づいた。まわりにはハリエニシダがしげっている。それをかき分け、縄の一方の端を木の幹に結わえつけてから、残りを静かに涸れ谷の底にたらした。

そのとき、悲鳴が静寂を切りさいた。

ヒュラスはハリエニシダのしげみに飛びこんだ。

悲鳴の主はテラモンだった。戦士たちが天幕へかけつける。「どうなさいました、若君」奴隷がおずおずと声をかける。「若君？」

「全員、持ち場にもどれ！」テラモンの怒鳴り声が返ってきた。天幕の裏に身をひそめたヒュラスには、ぞっとするほど近くに聞こえた。

「かしこまりました」奴隷が低く答えた。

息をつめたまま耳をすますと、遠ざかっていく戦士たちの足音と、奴隷が天幕の前に腰をおろす音が聞こえた。テラモンはひとりごとをつぶやきながら火鉢に薪をくべ、また横になった。

ようやく静けさがもどってきた。

ヒュラスはしげみから顔をつきだした。よし、物音はしない。

這いだそうとしたとき、天幕の裏側から足音が近づいてきた。ヒュラスは凍りついた。足音がやむ。かくれている場所から二、三歩とはなれていない。

「こんなの、じきに終わる」テラモンの声だった。「じきに終わるに決まってる！」

06

父親の幽霊

「じきに終わるに決まってる」テラモンはまだつぶやいている。「しっかりしないと……」

しげみにかくれたヒュラスが耳をすましていると、テラモンの声が近づいたり遠ざかったりするのがわかった。涸れ谷のふちを行ったり来たりしているのだ。やがて足音はぎょっとするほど近くで止まった。ヒュラスは息をのんだ。身を守ってくれているのは、ハリエニシダのわずかなしげみだけ。ちょっとでも動けば終わりだ。

だが、テラモンはうわの空だった。「おまえは悪くない」と自分に言い聞かせている。「なにもしてないんだから！」

あたりが暗いのでよく見えないが、テラモンのひたいは汗にぬれ、目の下には黒いくまができているようだ。

なにかがヒュラスの足をくすぐった。クモか？　サソリか？　身じろぎしそうになるのを必死にこらえた。

「おまえは悪くない」テラモンがくりかえし、印章をいじりながらまた歩きだした。

ただのクモだった。ヒュラスは小さく安堵のため息をもらした。

テラモンがまた近づいてきたとき、いじっているのが印章ではないのがわかった。人さし指にはめた指輪だ。にぶい灰色の金属でできた太い指輪を、しきりにひねっている。コロノスがよく似たものをつけているのを見たことがある。たしか、鉄の指輪だった。〈怒れる者たち〉を一時的に遠ざけることができるという鉄のことは、前にアカストスから教わった。この二年のあいだに何度かめぐりあった謎だらけの流れ者で、タラクレアで鍛冶師をしていたときは、ヒュラスもその手伝いをした。

「鉄というのは星から落ちてくるから、金属のなかでいちばんめずらしいものなんだ」とそのときアカストスは言っていた。

テラモンはなぜ鉄を身につけたりするのだろう。カラス族は〈怒れる者たち〉を崇拝しているはずなのに。

「おまえは悪くない」テラモンがまた言った。もう三度目だ。

でも、テラモンはたしかに罪をおかした。自分でもわかっているはずだ。エジプトでおばを見殺しにしたのだから。沈みかけた舟にしがみついたアレクトの悲鳴は、いまもヒュラスの頭にこびりついている。不吉な緑の星が放つ光の輪のように、ワニたちがそれを取りかこんでいるところも……。助けることもできたのに、テラモンはそうしなかった。だから眠れずにいるのだろうか。肉親を殺した者を追いつめる悪霊――〈怒れる者たち〉――を恐れているのだろうか。

とつぜん、こめかみに刺すような痛みが走り、ヒュラスはあやうく悲鳴をあげかけた。目の奥で光がまたたく。吐きそうになり、手で口をおさえた。

吐き気はおさまったものの、もう一度しげみから外をのぞいたとたん、心臓が止まりかけた。全身に鳥肌が立ち、腕のうぶ毛がさかだつ。

テラモンはあいかわらずひとりごとを言いながら、ずっと指輪を見つめていじくっている。その正面には……涸れ谷の上に浮くようにして、テラモンの父親の幽霊が立っていた。

さざ波が立った水面に映されたように揺らめいて見えるが、それがテストールなのはたしかだった。会ったのは一度きりだが、忘れはしない。それがテラモンとの出会いだったからだ。寒い冬の日のことで、ヒュラスは村の悪ガキたちからイシを助けだしたところだった。狩りに来ていたテラモンと父親がそのようすをながめていて……。

幽霊がテストールなのはたしかだが、その姿は見る影もなく変わりはてていた。体の片側はどす黒い血と肉のかたまりと化し、目鼻立ちのはっきりとした端整な顔は、絶望にゆがんでいる。

気配を感じたのか、テラモンが顔をあげた。「だれだ」そうささやき、闇に目をこらす。

幽霊は食い入るように息子を見つめている。

「おい、だれなんだ」テラモンが声を荒らげる。

息子を見すえる幽霊の顔が苦しげに引きつり、失望の色が浮かんだ。ゆっくりと首が横にふられる。あげられた手が空を指さす。恐ろしいことに、テラモンには目の前にいる父親の霊が見えないらしい。

幽霊はもう一度血まみれの首をふった。それから背を向けると、よろめきながら虚空を歩きだした。

「若君、お呼びでしょうか」そのささやき声に、ヒュラスは飛びあがりかけた。

テラモンもぎょっとしたようにふりかえる。

奴隷が天幕の端からおずおずと顔をのぞかせている。さいわい、ヒュラスのいる場所から遠いほうの端だ。

テラモンはふるえる手で顔の汗をぬぐった。「なんの用だ」くぐもった声できく。

「若君、おかげんが悪いのでしょう。ワインを用意いたしましょうか……それとも、ケシの汁の残りがあれば……」

「ケシの汁か、そうだな。疲れているだけだ、眠ればなおる」

ふたりの姿は天幕の向こうへまわって見えなくなった。なかへ入る音がする。ヒュラスはふうっと息を吐きだした。まだぼんやりとしていて、気分も悪く、おまけに頭がズキズキ痛む。

力なく歩み去るテストールの幽霊は、涸れ谷の闇に吸いこまれるように消えた。

*

涸れ谷でフクロウが鳴いた。マツの木が夜風に吹かれてきしむ。ヒュラスはしげみにしゃがんだまま、テラモンと奴隷が眠りに落ちるのを待っていた。

ようやくあたりが静まりかえると、しげみから這いだした。テストールの幽霊のことは頭から追いはらって、計画を進めないと。まずは馬たちを驚かせ、どさくさにまぎれて短剣を盗みだし、脱出する。一か八か、やるしかない。

夜明けはそう遠くないが、ところどころにたいまつがともされているほかは、野営地は闇につつまれている。ヒュラスは暗がりに身をひそめながら、戦車の陰にかくした水袋と食料袋を取りあげ、地面につき立てられたたいまつにしのびよって引きぬいた。

馬たちは眠りこんでいたが、ヒュラスが背後にしのびよると、黒いほうのスモークが、たいまつのにおいに気づいてはっと目をさました。ジンクスも鼻を鳴らし、目玉をむきだしたが、逃げようともせずにヒュラスに噛みつこうとする。ヒュラスは杭につないである結び目をほどくと、馬たちの鼻先にたいまつをつきつけて、腕をふりまわしながら、シッ、シッと追いたてた。

うまくいった。スモークはおびえていななき、ジンクスは後ずさりしてから、二頭とも野営地のなかをかけだした。戦士たちがあわてて飛びおきた。見張りは叫び、残りの者たちも寝ぼけまなこで武器をひっつかむ。テラモンと奴隷も天幕から飛びだしてくる。馬たちは渓谷へつづく小道を全速力でくだりはじめ、戦士たちがいっせいにあとを追った。

「つかまえろ！」テラモンが怒鳴った。「あきらめてもどったやつは、むち打ちの刑だ！」

すっかり人けがなくなると、ヒュラスは天幕へ急いだ。なかは火鉢の火があかあかと燃え、むっとする暑さだ。木箱が見つかった。ぬぎすてられたテラモンのマントの下から半分顔をのぞかせている。ヒュラスはふたを取り去り、短剣をつかんだ。

が、それはただの短剣だった――コロノス一族の宝ではない。銅でできた安っぽい代物だ。

その瞬間、視線を感じた。とっさに飛びのくと、一瞬前までしゃがんでいた地面に槍がつき刺さった。テラモンのしかけたわなに、まんまと引っかかってしまったのだ。

「ぼくがいるって、どうしてわかった？」ヒュラスは荒い息で立ちあがると、火鉢の後ろにまわった。

「わかってたわけじゃない」テラモンが槍を引きぬく。

「でも、馬が逃げる前にそのわなをしかけたんだろ」ふたりは右へ左へと向きを変えながら、火鉢のまわりをまわった。「ここにいるって知ってたはずだ！」

また槍がつきだされ、ヒュラスはかわした。「いつ来るかはわからなかった」テラモンがあえぐ。「でも、来るはずだと思っていた。だから毎晩、にせものの短剣を使って芝居をしてたんだ」

さらに火鉢のまわりをまわりながら、ヒュラスは考えをめぐらせた。こちらには自分のナイフと、安物の銅の短剣しかない。テラモンのほうは、とぎすまされた青銅の剣と、長い青銅の槍があり、おまけに年はひとつ上で、戦士としての訓練も受けている。そのうえ、家来たちももどってきて、すでに天幕を取りかこんでいるかもしれない。

ただし……テラモンは家来に手出しはさせないだろう。よそ者を自分の手で殺し、手柄をひとりじめしたがるはずだ。だから家来に馬を追わせ、自分ひとりでもどってきたのだろう。

「助けを呼ばないのか」たしかめてみようと、ヒュラスは挑発した。

テラモンの槍が胸につきだされる。ねらいははずれ、穂先が手首をかすっただけですんだが、それでも痛みでナイフを取り落とした。

「助けなどいらない」テラモンはうなり、ヒュラスのナイフを蹴とばした。残るは銅の短剣だけだ。

「本物の短剣はどこにある？　祖父さんのコロノスのところか、ラピトスの」

返事はなかったが、そうだとテラモンの顔に書いてある。「気の毒にな、テラモン」とヒュラスはあざけってみせた。「祖父さんに信用されてないんだな。本物の短剣じゃなく、にせものを持たされて、おとりにされるなんて。格好がつかないよな、大人たちに都合よく使われるなんて！」

テラモンがまた槍をつきだす。ヒュラスは飛びすさり、柄をつかんでぐいっと上に向けさせた。テラモンはくやしげにうなり、ヒュラスの手から槍をもぎとると、今度は剣をつきだした。ねらいはまた急所をはずれたが、切っ先が腕をかすった。ヒュラスは悲鳴をあげ、銅のナイフを取り落とした。テラモンが槍の先でそれをはじきとばし、ヒュラスを火鉢の向こうへ追いつめる。

武器を失ったヒュラスは、火のついた薪をつかみ、ほかにも使えるものがないかとあたりを見まわした。ワインの瓶、青銅のへらと油壺――奴隷がテラモンの手足の汚れを清めるためのものだろう――そして、人の背丈ほどもあるぶあつい牛革の楯。重すぎて、役には立ちそうにない。

テラモンがまた槍をつきだす。ヒュラスがかわすと、はずみでテラモンはよろけ、転びそうになった。ヒュラスはゲラゲラ笑った。「足元もおぼつかないみたいだな。どうしたんだ、ワインとケシの汁でくらくらか？」

「ばかを言え。前に誓ったはずだ、おまえのしかばねを犬に食わせてやると――」

「――そしたら、〈怒れる者たち〉につきまとわれなくなるとでも？」

テラモンはたじろいだ。

「だから鉄の指輪をはめてるんだろ、ちがうか？　エジプトであんなことをしたから、追われてるんだ――」

「ぼくはなにもしてない！　しかたがないだろ、あれは神々の思し召しだったんだ！　アレクトは川に落ちて――」

「ファラクスとコロノスにはそう話したってわけか。でも、それがうそだってことは、おたがいわかってるはずだ。ぼくもあそこにいて、見てたんだからな！　助けることもできたのに、見殺しにして、ワニに食わせたんだ！　〈怒れる者たち〉はだませないぞ、テラモン。先祖だってだませない。親父さんはきみのやったことを知ってるんだ！」

テラモンは身をこわばらせた。

「親父さんの幽霊を見たんだ。さっき涸れ谷のふちで行ったり来たりしてたとき、目の前にいたんだぞ！」

「そんなのでたらめだ」テラモンはほとんどくちびるを動かさずに言った。だが、武器をかまえるのも忘れて、その場に立ちつくしている。

「失望したみたいに首をふってたぞ、テラモン。それから背を向けて、はなれて――」

「でたらめに決まってる！」テラモンが叫ぶ。

遠くからかけてくる足音がした。戦士たちがもどってきたのだ。「親父さんは印章をしてなかったけど、どうしてだ?」そう問いかけて時間をかせぎながら、ヒュラスは必死に考えをめぐらせた。「体の片側が血まみれで、肉が見えてたし、手首には印章をしてなかった。前に言ってたろ、親父さんはぜったいに印章をはずさない、墓にもはめたまま入ると誓ってるんだって」

テラモンの顔は血の気を失っている。「戦いの最中になくしたんだ……だれも知らないはずなのに……なんで知ってるんだ?」

「言っただろ、幽霊を見たんだ! 空を指さしてた。テラモン……きみが〈怒れる者たち〉に追われてるのを知ってるんだ。きみがしたことを知ってる……それに、〈怒れる者たち〉もだ」

テラモンはかすれたうめき声をあげた。その瞬間、ヒュラスは火のついた薪を投げつけ、重たい楯を両手でふりかざすと、相手の頭にたたきつけた。テラモンは虚をつかれたような表情のまま、ひざからくずおれた。天幕の外で叫び声があがる。戦士たちがすぐに飛びこんでくるだろう。ヒュラスはナイフを拾ってさやにおさめ、油壺をつかむと、あたり一面に油をぶちまけ、火鉢を倒した。油を吸った羊毛がぱっと燃えあがる。戦士たちがなだれこんできた瞬間、ヒュラスは天幕の柱を蹴たおし、入り口とは反対側から外へ這いだした。

火のついた天幕がつぶれ、なかから戦士たちのわめき声がひびいた。ヒュラスはすぐさま涸れ谷めざして縄を伝いおりた。男たちの叫びや、もがきまわる音が頭上から聞こえてくる。あのなかには、かつての友が閉じこめられているのだ。いや、もう友だちじゃない、とヒュラスは自分にきつく言い聞かせた。チャンスさえあれば、ブタみたいにぼくを串刺しにしたはずだ。

顔をあげると、崖のふちに戦士がひとりあらわれた。しゃがみこんで、縄を切りにかかる。

あわててすべりおりると、縄でてのひらがすりむけ、岩肌やイバラのしげみに体がぶつかった。片手で若木につかまる。次の瞬間、縄が切り落とされ、頭の上に落ちてきた。ヒュラスは必死で若木にしがみついた。そしてすべり落ちるように谷底へおり、シダのしげみにつっこんだ。

やみくもに走りだすと、戦士たちの叫び声はしだいに遠ざかった。ヒュラスはウジャトのお守りをにぎりしめ、〈野の生き物の母〉に祈った――どうか、行き止まりに迷いこみませんように、谷の出口が見つかりますように。

07

〈怒れる者たち〉

「あの者はまだ見つかりません、若君！」戦士が肩で息をしながら言った。

「そんなことはわかってる」テラモンはどやしつけた。「問題は、なぜか、だ。九人もいて、なんであいつひとり見つけられない？」

「いえ……六人です。ほかの者たちは馬をさがしておりまして――」

「そっちもまだ見つからないのか」

戦士はつばを飲みこんだ。「黒いほうはつかまえました。もう一頭が見あたりません」

「なら、さっさとつかまえろ。それに、よそ者もだ！」

家来が走り去ると、テラモンは天幕の残骸をあさりはじめた。奴隷も煤まみれになりながら這いつくばっている。ヒュラスと争っているときか、あるいは炎から逃げだしたときに、鉄の指輪がぬけてしまったのだ。どうしても見つけなければ。見つからなかったときのことは考えまいとした。

あたりはまだ暗く、雲におおわれた空には、無数の影がうごめいていそうに見える。指輪なしでは、夜の恐怖から身を守るすべがない。

父の幽霊のことが頭をよぎった。ヒュラスはうそをついたに決まっている。テストールの魂がさまよっているなんて、ありえない。息子に失望しているなんて……。

「若君？」奴隷がとまどったように見あげている。

テラモンは赤面した。心の声が口に出てしまったのだろうか。「いいから、さがせ！　見つからなかったら、むち打つぞ！」

「は、はい、若君」

煤まみれで這いつくばるなんて、おまえはなにをやってるんだ。顔を洗おうと小川に向かいながら、自分をしかりつけた。そんなのは隊長のすることじゃない！

楯でなぐられた頭はズキズキ痛み、すねのやけどもひどくひりつく。奴隷がカモの脂でつくった塗り薬もまるで効かない。おまけに、ワインとケシ汁のせいで頭はぼうっとし、胸もむかついている。

小川のそばの木の上で、黒っぽい影が動いた。

テラモンははっと足を止めた。

風が吹きよせ、また枝が揺れる。ふうっと息を吐きだした。「風だ。風が吹いただけだ」

すぐ近くで、シュッとしなやかな音がした。思わず身がすくんだ。巨大な翼が頭上をかすめた気がした。

シュッ。もう一度、今度はもっと大きな音だ。天幕の残骸のなかから奴隷が立ちあがり、焼けこげた主のマントを勢いよくふってから、それをたたみはじめた。

「そんなことしなくていい！」テラモンは怒鳴りつけた。「言ったはずだ、とにかく指輪を見つけるんだ！」

テラモンはたいまつをつかみ、小川のほとりへ走ってぬかるみにそれをつき立てた。そこにしゃがみこみ、ふるえる手で顔をおおう。「しっかりするんだ。おまえは上に立つ者なんだぞ。だれよりも偉大な族長になるはずなんだ！」

だが、そんな言葉がむなしいことは自分でもわかっていた。〈怒れる者たち〉に追われているのでは、と気づいたときのことが忘れようにも忘れられずにいるのだ。

リュカス山の山頂付近にある、先祖の聖地へ行ったときのことだった。新月の闇のなか、一族の墓の入り口を守るようにそびえる黒いマツの木々がざわめいていた。

ずっと昔、先祖たちはその山に小さな墓を築いた。ふた月前、墓は開かれ、テストールのなきがらがおさめられた。コロノスは孫のテラモンと、ただひとり生き残った息子のファラクスとともに、そこで〈怒れる者たち〉を呼びよせる儀式を行ったのだ。彼らの力を借りて、反乱軍を攻めほろぼすために。

〈怒れる者たち〉は闇と燃えがらに引きよせられる。生け贄を殺したときの記憶はすでにおぼろげになっているが、たいまつが消されたときの、ジュッという音はおぼえている。祖父とおじが呪文をとなえる声も、肉がこげるにおいも、顔に塗りたくったつんとする灰のにおいも、口に残る金気と甘さのまじった血とワインの味も。そのあと、ふいに聞こえた巨大な翼のはためきも。

祖父が生け贄を殺したとき、〈怒れる者たち〉はいったん舞いおりかけたものの、すぐに夜の闇に飛び去った。が、今度はちがった。ばかでかい黒い影が三つ、テラモンから十歩とはなれていない地面におりたった。

悪霊たちは焼けこげた肉のにおいがした。漆黒の闇のなかに恐ろしい姿が浮かびあがった。ヘビを思わせる首と、ざっくり裂けた傷のような赤い口。かぎ爪が地面を引っかき、しきりににおいをかぐような不気味な音が聞こえた。テラモンは身をすくめた。まさか、自分のにおいをかぎあてようとしているのだろうか。

次の瞬間、らんらんと輝く赤い目に射すくめられた。恐怖が頭をかけめぐる。罪を知られてしまったのかもしれない。

〈怒れる者たち〉は神々より前から存在しているカオスの火からやってきて、肉親を殺した人間を追いつめる。けっしてあきらめず、じゃまする者も許さない。クロウメモドキの葉を嚙んだり、古い呪文をとなえたりすれば、少しのあいだは遠ざけておくことができる。別の人間のふりをするか、故郷を捨てるという手もある。でも、いつかは見つけだされ、魂を焼かれて、正気を失うことになる……。


テラモンはやっとのことで恐ろしい視線から目を引きはがした。よろめくようにファラクスに近づき、恐怖にあえぎながら、おじの腕にすがりついた。「ぼくをつかまえに来たんです！」

ファラクスは冷ややかに手をふりはらった。「しっかりしろ」感情のこもらない、かたい声だった。「まさか、闇がこわいなんて言わんだろうな」

視線をもどすと、不気味にうごめく影は消えていた。まもなく儀式は終わり、一同はラピトスへ引きかえした。だが、そのときからすべてが変わった。テラモンの心には、身の気もよだつような疑念が植えつけられた――自分は復讐の精霊たちに追われているのではないか。

それからというもの、食べ物ものどを通らず、ワインかケシの汁をがぶ飲みしなければ寝つけなくなってしまった。悪夢にうなされるのがこわくてたまらなかった。

そして今度は父の幽霊まであらわれた。ヒュラスの言葉がうそではないと、本当はテラモンもわかっていた。恐れていることが事実だと、父は知らせに来たのだ。〈怒れる者たち〉は、テラモンのしたことを知っている。血に染まった渦巻く川のなかでワニのえじきになるおばを見殺しにしたことを……そしていま、自分をとらえようとしている。

フクロウが鳴いた。テラモンは歯を食いしばり、汚れた手を小川につっこんだ。

冷たい水が心地いい。皮膚から煤がはがれ、流れ去っていくのをながめていると、少し気持ちが落ち着いた。

あたりは静けさにつつまれている。夜風がつんとするミントの香りを運んでくる。ひんやりとしたシダがふくらはぎをくすぐる。どこかでサヨナキドリが鳴いている。

気づけば、テラモンは涙をこらえていた。幼いころ、ラピトスの自分の部屋の外にもその鳥がいて、夜に鳴き声で目をさましたものだった。あのころはコロノスという祖父がいることも、そのコロノスがはるか北にあるミケーネの大族長だということも、まるで知らなかった。あのころ、ヒュラスは友だちで、父はまだ生きていた。

テラモンは荒々しく両手をこすってこびりついた煤を落とした。流れに顔をつっこみ、頭まで沈めてから、戦士流に編んだ長い髪をしぼった。両手ですくって水を飲む。冷たさが歯にしみた。それで頭がはっきりした。

「見つかりました、若君！」奴隷がかけよってきて、鉄の指輪をテラモンににぎらせた。

「よし。よくやった」テラモンはそれを指にはめ、こぶしをにぎりしめた。ゆっくりと深呼吸をする。力がみなぎり、気持ちがしゃんとした。

「よし」焼け残った主の持ち物をさがそうと、急いで天幕にもどる奴隷をながめながら、テラモンはくりかえして言った。そしてもう一度水をすくって飲むと、立ちあがって背筋をのばした。

「おまえは上に立つ者だ」と声に出して自分に言う。「恐れるものはなにもない。アレクトが死んだのはおまえのせいじゃない。殺したのはおまえじゃなくワニだ。あれは神々の思し召しだったんだ。〈怒れる者たち〉だって知ってるはずだ。アレクトが死んだのは、ほかのだれでもない、おまえが短剣を取りもどすためだ。一族を救う者になるためなんだ」

　自信がわきあがるのを感じながら、テラモンはクリの木立の下を歩きまわった。恐怖は消え去り、決意と確信がみなぎってくる。眠れぬ夜はもう終わりだ。夜が明けたら、家来たちに号令をかけて、ヒュラスを追わせよう。よそ者がいつまでもかくれていられるわけがない。いま連れている戦士たちは、ここメッセニアの山で育った者ばかりなのだから。

　ヒュラスの息の根を止めたら、このテラモンが残りの軍勢と合流する。副官のイラルコスに兵を率いさせ、山を越えてリュコニアに入り、ファラクスとともに反乱軍の残りを片づける。そうしたら、祖父がなんと言おうとラピトスへもどる。もうだれの指図も受けない。コロノスの手から短剣をうばい、自分のものにするのだ。

　そのとき、気づいた。あの晩、先祖の聖地まで〈怒れる者たち〉が追ってきたのは、自分の弱さをかぎとったからだ。

「そう、そうにちがいない」

　だが、短剣を手に入れさえすれば、すべてが変わる。自分はアカイア全土をおさめる大族長になるのだ。〈怒れる者たち〉も手出しはしなくなる。

　二度とおびえたりするものか。

08

イタチと石ころ

「へカビのところまで、あと何日で着くの?」くたびれはてたピラは荷物をドサッとおろし、痛む肩をさすった。

沼の民の少年ふたりは、聞こえなかったように野営の準備をつづけている。

「ねえ、あと何日?」ピラはむっとしてくりかえした。「二日? 三日? それともひと月?」

年下の少年が冷ややかな視線をよこし、年かさのほうは肩をすくめた。「二、三日だ」

「あらそう、ありがとう」ピラはいやみっぽく言った。

山脈をめざしてもう三日も歩いているのに、いまだにふたりの名前も知らなかった。ヒュラスと別れた日の夕方、沼地のはずれでふたりは待っていた。ひとりはピラより若く、もうひとりは同じくらいだろうか。ふたりとも無愛想で、女の子を案内するのが見るからに不満そうだ。

ピラはふたりにあだ名をつけることにした。年かさのほうは見た目が似ているのでイタチ、年下のほうはおしだまったままなので、石ころだ。ふたりとも沼の民にしてはやせっぽちだが、ほかの者たちと同じように魚の皮のチュニックを着て、頭に細帯を巻き、いやなにおいのする緑色の泥を塗りたくっている。その泥のせいで、ぎょろりと白目ばかりが目立って見えた。

それでも、デントラの山頂聖所への行きかたを知っているのはたしかなようで、川ぞいにのびた秘密のぬけ道を通って、北東にある山脈へと迷うことなく進んでいた。山脈が近づくにつれ、ピラの気持ちはいっそう沈んだ。けわしい峰々が、近づくのをこばんでいるように見える。そこはヒュラスの故郷だというのに。あらためて、ヒュラスのことをまるで知らない気がしてきた。

なんでわたしを置いていったりしたのよ、ヒュラス。無愛想な案内役のふたりが薪を拾い集める姿をながめながら、ピラは心のなかでヒュラスをなじった。なんでひとりで行っちゃったの？

イタチと石ころに会う前にヒュラスと別れたことが、なおさらくやしかった。ふたりがどんなに感じ悪いか、見せてやりたかったのに。そうしたらきっと反省したはずよ、ヒュラス！

別れをなげいているのはピラひとりではなかった。エコーは森の鳥たちを追っかけもせずにぼんやりしているし、ハボックもヒュラスとはなれてから一度も狩りに出ていない。大きな金色の瞳からは光が消え、毛皮はつやをなくしてうす汚れている。なぜついてくるなと言われたのか、理解できずにいるのだ。

石ころとあだ名をつけた少年は、用心しながらもていねいな態度でハボックとエコーに接していたが、イタチのほうはひどくこわがっていた。一度、ピラのそばに来ようとしたハボックにおしのけられたとき、イタチは悲鳴をあげた。「そいつを近づけるな！」そうやっておびえたようすを見せたのはよけいにまずかった。それからというもの、ハボックはたびたび曲がり角の先で待ちかまえていて、イタチの足をつついて転ばせるようになった。

「悪気はないのよ」叫び声をあげるイタチからハボックを引きはなしながら、ピラは言った。「落ちこんでるせいで、気晴らしをしたがってるだけなの。ハボック、やめなさいって！」イタチはハボックがあくびをしただけでびくっと身をふるわせるようになった。

その日ふたりが寝場所に選んだのは、緑にすきとおる水をたたえた淵のそばだった。野営地としては悪くなさそう、とピラもしぶしぶみとめた。マツやクルミの木のこずえでスズメがさえずり、岸辺をふちどるアシのあいだには黄色いアヤメが揺れている。イチジクの木には甘い金色の実がたわわに実り、食べごろのキイチゴのしげみも見つかった。キイチゴはヒュラスの好物だ。ここにいてくれたらどんなにいいか。

石ころが腕にかかえた薪を投げだし、ピラは飛びあがりそうになった。薪集めを手伝おうかと気をつかって声をかけてみたものの、まじまじと見つめられただけだった。

「なんであの子は口をきかないの」ピラはいらついてイタチにきいた。

「しゃべれないんだ」

「どうして」

「カラス族のせいでつらい目にあったんだろ」

「どういうこと？」

「知るわけないだろ、あいつは話せないんだから」イタチがぶっきらぼうに答えた。「なにか見たのか、なぐられでもしたか。カラス族につかまったせいで正気じゃなくなったやつもいるんだ。それに比べりゃましさ！」

「気の毒に。ひどい目にあったのね」

少年たちは無言でピラを見つめると、たきつけに使う枝を折りはじめた。ピラはいっそう孤独を感じてうなだれた。

やがて、沈黙にたえきれなくなり、また口を開いた。「ヘカビのところに着いたら、影の盗人が見つかると思う？」

「なんで影の盗人をさがすんだ」イタチが顔もあげずにきいた。

「影の盗人がヒュラスの妹かもしれないから」

「ヒュラスって？」イタチが眉をひそめる。

そういえば、イタチも石ころもヒュラスには会っていないんだった。沼地のはずれでふたりと顔を合わせたとき、ヒュラスはとっくに出発したあとだったから。「ヒュラスはわたしの……友だちよ。妹をさがしてて――」

「なんで自分でさがさないんだ」

「カラス族と戦いに行ったから」

「おまえ、そいつの恋人か」

ピラは赤面した。「関係ないでしょ！」

イタチが肩をすくめる。横にいる石ころの泥まみれの顔には、あいかわらずなんの表情も浮かんでいない。

ハボックがやってきてピラにもたれかかり、前足をおなかの下に引っこめてうずくまった。かわいそうに。そんなすわりかたは子どものころにしかしなかったのに。それも、心から悲しいときにしか。

ピラはごわごわしたぶあついハボックの毛皮に鼻をうずめた。「わかるわ、ハボック。わたしもヒュラスに会いたい」そうささやくと、ハボックはざらついた舌でピラをなめていたが、やがて片耳をそばだてた。と、エコーが音もなく枝に舞いおりた。

「こっちへおりてきて、水浴びをしなさい」ピラはハヤブサに呼びかけながら、浅瀬に手をつっこんで波を立てた。「きれいな水で、気持ちいいわよ。ほら、好きでしょ！」

驚いたことに、エコーはまばたきしただけだった。

水浴びは大好きなはずなのに。じっと動かずにいるのに気づいて、ピラは不安をおぼえた。いつもは羽づくろいをしたり、くちばしをといだり、羽先がふれあうほど高く持ちあげた翼をバサッと羽ばたかせたりしながら、獲物やめずらしいものをさがして、大きな黒い目でたえずあたりを見まわしているのに。

いまはなににも興味を示さず、うつろな目で背中を丸めている。ヒュラスがいないせいだろうか。それとも、ほかにもなにか？

そのとき、足元の地面に落ちたホソムギの穂が目に入った。なぜか動いている。見たこともないほど大きなアリが背中にのせて運んでいる。ピラの爪ほどもある黒いアリだ。よく見ると、アリは行列をつくっていて、めいめいがホソムギの穂を背負って、すぐそばにある巣へせっせと運んでいた。巣のまわりにもアリたちがひしめきあっている。これはまずい。

エコーもそれに気づいた。耳をつんざくような鳴き声をあげて飛びたったので、少年たちまで飛びあがった。ハボックは尻尾をくねらせ、キィーッ、キィーッと鳴きさわぎながら頭上を旋回するエコーを見あげた。

ピラはため息をつき、立ちあがると、ふたりに声をかけた。「ごめんなさい。エコーはアリが大の苦手なの。もう少し先へ移動しないと、休むどころじゃないわ」

＊

山道をしばらくのぼったところで、イタチと石ころはオリーブの木の下に寝小屋をこしらえはじめた。ピラは火をおこし、投石器でしとめた二羽のイワシャコの羽をむしった。はらわたをやぶのなかに置いて女神への捧げ物にしてから、肉を串に刺し、たき火で焼いた。

エコーはオリーブの木に止まり、アリがいないかと、きょろきょろとあたりを見まわしている。そんなようすもピラには気がかりだった。ふだんは、さっとたしかめるだけで終わりなのに。

「ほら、どうぞ、エコー」ピラは焼かずにとっておいた血のしたたるイワシャコの胸肉をさしだした。

さんざん呼びかけたあと、ようやくエコーはピラの革の籠手に舞いおり、肉をじろじろながめた。それをくちばしにくわえ、地面にぽいっと捨てて、また止まり木にもどった。

おかしい。あたりはまだ暑いのに、エコーは体を温めようと羽をふくらませている。いつもは片足で枝に止まるのに、いまは両足ともおろしている。息も荒い。木の上に飛びあがるだけで、くたびれはてしまったように。

「エコー、どうしちゃったの」

イタチがふりかえってエコーを見あげた。「熱病だ」

「えっ。病気ってこと？」

イタチはうなずいた。

石ころが近づいてきて、手に持ったなにかをさしだした。黒い粉を小さく丸めたものだ。

「なに、それ」ピラはあやしんだ。

石ころがだまりこくったまま、さらに手をつきだす。イタチがかわりに答えた。「薬さ。鳥に飲ませるんだ」

ピラはめんくらった。「ありがとう」

石ころはにこりともせずに、ピラが丸薬を受けとるのを待った。

エコーが捨てた肉の汚れをはらってから、ピラはそこに切れ目を入れ、薬をもぐりこませた。それからエコーをなだめすかして、もう一度おりてこさせ、やっとのことで薬入りの小さな肉切れを飲みこませた。

「丘の上まで行かないと」イタチの声に、ピラは驚いた。「デントラへの行き道を教えるから」

「え、いまから？　じきに日が暮れるし、エコーが――」

「いまだ」

ピラは大きなため息をついた。

「あそこに道が見えるだろ」野営地のそばの丘にのぼったところで、イタチが言った。

「どこ？」ピラはあえいだ。何度かききかえして、ようやくデントラへ行くには川の源流までさかのぼればいいらしいとわかった。聖所は矢尻の形をした峰の近くにあり、その峰をおおいかくすように、いちばん高い山がそびえているという。その山はいま夕日を浴びてまばゆく輝きながら、ピラを見おろしていた。リュカス山だ。

あそこがヒュラスの故郷、とピラは思った。いまごろどこにいて、なにをしているだろう。もしかして、農民かだれかに金髪をあやしまれて、カラス族につきだされていたら？　まぼろしを見て苦しんでいるのに、だれにも助けてもらえずにいたら？

少年たちはいつのまにかいなくなり、ピラはひとりで野営地にもどった。そこにもふたりの姿はなく、ハボックもいなかった。ようやく狩りに出かけたのかもしれない。

エコーは木の上でじっとしたまま、まばたきをくりかえし、身をふるわせている。沼の民の薬は、ハヤブサには効かないらしい。

〈闇〉が来ても、ハヤブサはまだ止まり木にアリがいないか気にしていた。

いつもなら、ちらっと見るだけでじゅうぶんなのに、ここではそうもいかない。もしもアリがいたらまた飛びたたないといけないが、いまは二、三度翼をはためかせただけでくたびれてしまいそうだった。それに、別の木におりたとしても、そこにはもっとたくさんアリがいるかもしれない。

どうしてこんなに恐ろしくて、心細いのだろう。どうして目がかゆいのだろう。どうしてくしゃみばかり出るのだろう。こんなにつらい思いをするのは初めてで、いやでたまらなかった。止まり木に両足でつかまって、ハトみたいにちぢこまるなんて、ハヤブサにはあるまじきことだ。こんな屈辱、たえられない。

雌ライオンは〈闇〉が来たとたんに狩りに出かけていったから、こんな姿を見られずにすんだ。でも、いてくれたほうが安心だったのに。そんなふうに思うことが、なおさら屈辱だった。ハヤブサはライオンの助けなんていらない。だれの助けもいらない。ほかの生き物としばらく行動をともにはしても、いつでも好きなときにはなれていく。それがハヤブサなのだから。

＊

〈闇〉が深くなった。いやなにおいのする小さな泥人間たちは見あたらず、木の下では、少女がぼんやりと火をながめながら、少年を恋しがっている。ハヤブサも同じだった。なんではなれればなれになってしまったのだろう。いっしょにいるべきなのに。

星空を影が横切り、ハヤブサは身をすくめた。影は通りすぎた。ただの雲だ。何度か前の〈闇〉のあいだに気配を感じた、悪霊たちじゃない。

その悪霊たちの存在も、この場所に来てから気がかりなことのひとつだった。動きがひどくすばやいうえに、なんの前ぶれもなくやってくるからだ。もしもいまあらわれたら、逃げる元気もないだろう。

木の下では、少女が低くゆっくりとした人間の言葉でなにかつぶやいている。火のついた棒を持ちあげ、立ちあがると、たき火の明かりがとどかない場所へ歩きだした。

不安になったハヤブサは、せわしなく両足を踏みかえた。ここは安全なのに、どうしてあの子ははなれたりするんだろう。

＊

エコーは弱っているのが恥ずかしいのか、おりてこようとしなかった。自分が病気だと気づいていないようだ。ピラもそんなエコーをどう力づければいいかわからなかった。

食欲はないものの、ピラはどうにかイワシャコを半羽おなかにおさめ、あとはイタチと石ころに残しておいた。あいかわらずふたりの姿は見えない。きっともうもどってこないつもりなのだ。ようやくそう気づいた。だからイタチはデントラへの行き道を教えておくと言いはったのだ。ピラを見捨てて、石ころといっしょに沼地に帰るために。ここからは、ひとりで行かないといけない。

おまけに、水袋が空っぽだった。ピラは自分に腹が立った。暗くなる前にくんでおくべきだったのに。これじゃ、まだまだ野山では暮らせない。ヒュラスは、生まれてからずっとそうしてきたというのに。

ブツブツとつぶやきながら、ピラは火のついた薪を一本拾い、水袋を背負った。

たき火からはなれると、漆黒の森は音であふれていた。かんだかい鳴き声、木々のざわめき、オオカミの遠吠え。声のようすからすると、オオカミたちがいるのは遠い山奥らしい。でも、夜明けとともにそこへ向かわないといけない。荒々しく、えたいの知れない、この土地の奥へ。ヒュラスにとっては故郷でも、ピラにはちがう。

前の日に、人間のものほどもある大きな足跡を見つけたことを思いだした。クマだ、とイタチは言っていた。クマなんて見たこともない。それに草むらをかぎまわる巨大なイノシシにも出くわした。ピラのナイフより長い牙を持ち、ドングリをむさぼりながら、うるさそうにこちらをにらんでいた。

ここは獣だらけだ。おまけに、危険を知らせてくれるはずのハボックとエコーもあてにはできない。ハボックは狩りに出ているし、エコーは病気だ。

「しっかりして、ピラ」そう口に出してみた。「くよくよしてたって、しかたないわ！」

月が顔を出し、川面がきらめいた。マツの香りが夜気にただよい、コオロギが羽音をひびかせている。魚がバシャンとはねた。水袋を川に沈めると、ゴボゴボと音がした。

川の淵の向こうでなにかが動くのが見えたとたん、ピラは笑顔になった。アシのあいだから大きな銀色の瞳がふたつ、こちらを見つめている。

「そこにいたのね、ハボック！」ピラはやさしく呼びかけた。「よかった、帰ってきてくれて。狩りはうまくいった？」

ライオンの体は暗がりでは灰色に見えるので、ハボックの姿は周囲にすっかり溶けこんでいた。なぜか、淵をつっ切ってじゃれついてこようとはせず、狩りごっこをして遊ぼうとするように、頭を低くしている。

ピラはあくびをした。「ごめんね、ハボック、くたびれちゃって遊んであげられないの」

夜風がアシをそよがせたが、ハボックはあいかわらずじっと見つめている。

ピラの胃がひやりとした。あの目は遊ぼうなんて言ってはいない。見たこともないほど冷たい色をたたえている。

これは狩りごっこではない。本物の狩りだ。

このライオンはハボックじゃない。

09

追跡者

川岸にいるふたりの戦士はほこりまみれで、うんざりしたようすだった。どこまでさがしてもヒュラスの足跡が見つからないからだ。このままでは、テラモンの叱責はまぬがれない。ひとりは羽虫をたたきつぶしながら、いまいましそうに真昼の太陽を見あげ、もう片方は兜で水をすくって頭から浴びている。

「見つけたぞ！」川下から仲間の戦士の声がした。

「やれやれ、ようやくか」兜を手に持ったほうの戦士が毒づき、ふたりは川岸に生えた大ウイキョウをかき分けて、仲間のほうへ歩きだした。対岸にかくれているヒュラスには気づいていない。

戦士たちの声が風に運ばれてきた。「たしかに、よそ者の足跡だ」

「見たところ、川下に向かってるな」

よし、そのままあっちへ行ってくれ。ヒュラスは心のなかでそう祈った。足跡のことなら、カラス族よりよそ者のほうが上手だ。ヒュラスがつけた足跡が目くらましだと気づかれてはいないようだ。

戦士たちがすっかりいなくなってしまうのを待って、ヒュラスは川上へ歩きだした。いまはまず、追っ手をまかないと。完全に引きはなせるまで、短剣のことを考えるのはおあずけだ。

しばらくのぼると、岩がひしめく急流にさしかかった。ギョリュウやクルミの木で日ざしはさえぎられているが、木陰はむっとした暑さで、ユスリカの大群がいた。

テラモンとの戦いで体は疲れはて、腕の傷がズキズキ痛んだ。涸れ谷の底でぶつけたわけでもないのに頭まで痛み、熱い日ざしの下にいても、かすかに寒けがする。

自分に腹も立っていた。ゆうべ、テラモンはくずれ落ちて気絶しかけていた。とどめを刺すこともできたのに。もしも立場が逆なら、テラモンはためらいなくそうしただろう。

なら、なぜ自分は殺さなかった？　人を殺したことがないからか。テラモンが友だちだったから？　それとも、こわかったからだろうか。だからためらったのか。父さんと同じように、自分も臆病者なのだろうか。

急流を通りすぎて小道をさらにのぼると、緑の草むらに出た。コオロギの羽音がやかましくひびき、人の背丈ほどもあるアザミが紫色の花を天につき立てている。草むらと川をへだてているうっそうとした木立には、鳥のさえずりがこだましている。

いまいるのはどのあたりだろう。ヒュラスにわかるのは、目の前に横たわる山脈がメッセニアとリュコニアをへだてていることだけだった。東の方角にはいちばん高いリュカス山がそびえているはずだが、いまいる場所からは見えない。リュカス山は自分の故郷だ。ヤギの通り道も、谷間も、かくれた小道も、雷に打たれた木も、ひとつ残らず知っている。もう少し上までのぼれば、リュカス山が見えて、自分のいる場所の見当がつくはずだ。

もちろん、ヒュラスがそうすることはテラモンにもお見とおしかもしれないが、やってみるしかない。

手元にあるのは、ナイフに投石器、水袋、そして沼の民にもらった食料袋だ。ヒュラスは木の下に腰をおろし、干したウナギをひと切れと、ガマの穂の花粉でつくったケーキを半分食べた。ウナギはくさりかけたにおいがしたし、ケーキはほこりまみれで干からびていて、水で無理やり流しこむしかなかった。おまけに、水袋がマスの皮でできているので、水まで生ぐさかった。

沼の民からは薬ももらっていた。草で編んだ小袋のひとつに、ねばねばした黄色いねり薬が入れられていて、さらに小さい袋のほうには黒い粉が入っていた。

「ねり薬はクラゲに刺されたところに塗るといい。粉のほうはケシの種を煎じたもので、熱病に効く。でも、やられたと思ったら、すぐに飲まないとだめだ」わたされたとき、そう教わった。

ねり薬もやはり生ぐさかったが、クラゲの刺し傷には効いたので、腕の傷に塗りつけてみると、痛みは少しやわらいだ。

立ちあがると、耳の奥でドクドクと脈が打ち、頭がうずいた。それでも、まぼろしを見る前に感じる痛みではなく、日に当たりすぎただけに思えたので、気にしないようにして川上へと歩きだした。と、ぬかるみに残されたひづめの跡を踏んづけそうになった。

ロバのものよりも大きいから、きっと馬のものだ。水を飲もうと立ちどまり、よくやるように前足を大きく開いて、首をのばしたのだろう。そのあとウイキョウを少し食べ、ヒュラスと同じように川上へ向かったらしい。手綱を引きずって歩いているようで、その跡が一か所うっすらと残っていた。

川の曲がり目をすぎると、そこにジンクスがいた。口元に結ばれた手綱がイバラのしげみに引っかかり、そちらへつっかかっていくせいで、ますます手綱がからまっている。何度もしげみに体当たりをし、くるりと向きを変えてはまたぶつかるうち、手綱はいっそうからまっていく。そのせいで身動きが取れなくなっていることに、気づいていないようだ。

ヒュラスはジンクスががんじがらめになるまで待ってから、ゆっくりと出ていった。

「じっとしてろよ、ジンクス」しのびよっていると思われないように、やさしく声をかける。

ジンクスは耳をぺたんと倒し、後ずさりしようとしたが、短くなった手綱のせいでできない。

「じっとしてるんだ」ヒュラスはそうくりかえし、イバラのしげみの陰にならないようにジンクスに近づきながら、棒もなにも持っていないのを示そうと、両手をあげてみせた。

手綱を引っぱりすぎたせいで、ジンクスの口は赤むけになり、血がにじんでいる。脇腹にきざまれたむちのあとは、古いものばかりでなく、みみずばれになった新しいものもまじっている。馬は貴重なものだが、テラモンは平気でむちを使うらしい。ジンクスが人間を憎み、恐れるのも無理はない。

「じっとするんだ、ジンクス」ヒュラスは手をさしだしてにおいをかがせた。

ジンクスが白目をむき、耳を倒して鼻の穴を大きく広げる。

「おぼえてないか？　前に乗せてもらっただろ、二度前の夏に」そう声をかけながら、ヒュラスはからまった手綱をほどきにかかった。おびえさせないように目は合わさず、近よりすぎないように気をつける。「えさもやっただろ、チーズとオリーブ。チーズは踏みつぶしちゃったけど。そのあと逃げだしたんだよな」

ヒュラスはまた手をさしだした。ジンクスが身をこわばらせる。しばらく待ってみる。それから、ごく軽く背中に手を置いた。ジンクスは身ぶるいしていななき、足を踏み鳴らした。「だいじょうぶだ」ヒュラスはやさしく話しかけ、熱を帯びて汗ばんだ馬の背筋をそっとなでた。「おまえを傷つけたりしないよ、わかってるだろ、ジンクス」

ジンクスはまた鼻の穴を広げたが、今度は声に耳をかたむけているようだ。なんとかなるかもしれない。

そのとき、ジンクスがぱっと頭をあげ、耳を倒(たお)して目をむきながら、おびえたようにいなないた。次の瞬間(しゅんかん)、ヒュラスにも聞こえた。川下から男たちの声がする。思っていたより、カラス族は足跡(あしあと)をたどるのが得意らしい。本物の足跡に気づかれてしまったのだ。

「ごめんよ、ジンクス。急いでここから逃(に)げなきゃならないんだ！」ヒュラスは手綱(たづな)のもつれをほどいて馬の背(せ)によじのぼると、たてがみをつかみ、かかとで脇腹(わきばら)を蹴(け)った。

*

ジンクスは怒(いか)りの声をあげたものの、ヒュラスと同じくらいカラス族がきらいなせいか、だっと草むらをかけだした。ヒュラスは馬の筋(すじ)ばった首にしがみつき、ふり落とされませんようにと祈(いの)った。背後(はいご)で叫(さけ)び声(ごえ)があがり、太ももを矢がかすめた。さらにもう一本がジンクスの足元の地面につき刺(さ)さる。

馬は山ひだをまわりこみ、ヤナギの林に飛びこんだ。枝(えだ)がヒュラスの手足を打つ。必死でしがみついているしかない。ここで落ちたら、一巻(いっかん)の終わりだ。

ヤナギの林をぬけると、シダとマツにおおわれた斜面(しゃめん)をのぼり、さらに木々(きぎ)が生いしげる下り斜面をかけおりた。坂をくだりきったあたりで倒木(とうぼく)が道をふさいでいた。ヒュラスは馬の向きを変えようと手綱を引いた。だが、手綱が片側(かたがわ)の口元にしかつながれていないせいで、ジンクスは気にもとめずに倒木を飛びこえた。ドスンと地面におりたとたん、ヒュラスは転がり落ちそうになった。

さらに丘(おか)や谷をいくつも越(こ)え、山ひだをまわりこむうち、カラス族の叫び声は聞こえなくなった。手足が休みたいと悲鳴をあげている。もう長くはしがみついていられそうにない。ジンクスにも疲(つか)れが見える。おまけに、ずうずうしい人間にうんざりしたのか、急に向きを変え、低くたれた枝の下をかけぬけて、ヒュラスをふり落とそうとした。

二度前の夏にも同じ手を使われたので、どうにか落ちずにすんだ。

さらにジンクスはいきなり足を止め、ヒュラスを頭から地面につっこませようとした。今度も用心していたので、なんとかしがみついていられた。

ジンクスはようやく手っ取り早い方法を思いついたようだ。ぐっと頭をさげ、後ろ足を高々（たかだか）とはねあげた。

ヒュラスは投げだされ、ビャクシンのしげみに落っこちた。

10

リュカス山へ

ヒュラスはよろよろと立ちあがり、谷間を歩きはじめた。骨は折れていないが、体じゅうあざだらけで、頭も痛む。

ジンクスはとっくに逃げてしまった。カラス族もすぐには追ってきそうにないが、あいかわらず自分のいる場所がわからない。とにかく高いところへのぼれば、リュカス山が見えるかもしれない。

でも、それからどうする？

短剣がいまラピトスにあるのはたしかだ。リュカス山の山すそにあるその要砦は、カラス族の先祖が築いたもので、以前はテラモンが暮らしていたが、いまはコロノスのものになっている。ラピトスは十キュービット（一キュービットはひじから指先までの長さ）もの厚みのある壁に守られた、難攻不落の要砦だと言われている。そこにコロノスがいて短剣もあるとなれば、なおのこと大軍で守られているはず。たどりつけたとしても、ひとりで短剣を盗みだすのは無理だ。

反乱軍の生き残りを見つけて、手を貸してくれるようにたのんでみようか。

そう考えながら、ヒュラスは山ひだをまわりこんだ。

ジンクスはたいして遠くまで逃げていなかった。日陰になった谷間を見つけ、そこで静かに草を食んでいた。

においをかぎつけたのか、ジンクスはぱっと頭をあげ、ヒュラスを見つめた。

どうするべきだろう。谷間はけわしく切り立ち、奥は落石でふさがっている。こちら側の入り口を倒木でふさげば、つかまえることはできるはずだ。でも、手なずけるには時間がかかるだろうし、むだ骨に終わるかもしれない。もちろん危険でもある。ひづめで頭を蹴られたら、卵の殻みたいにくだけてしまうだろう。

それでも、馬で行ったほうが、早く反乱軍を見つけられるだろうし、カラス族からも逃げやすい。それだけではない。ここにジンクスを置きざりにしたら、いつかはまたとらえられてしまうはずだ。またむちで打たれ、なぐられる。ヒュラスがジンクスを必要としているように、ジンクスもヒュラスが必要なはずだ。

それになんとなく、ジンクスを助ければ、〈野の生き物の母〉がイシのことを守ってくれるような気もした。前にも同じことを感じたことがある。タラクレアでハボックと出会ったときのことだ。あのときハボックはほんの子どもで、すっかりおびえきり、飢え死にしかけていた。ジンクスは子馬ではないし、飢えてもいないけれど、同じことだ。

ヒュラスはそろそろと倒木の端を持ちあげ、谷間の入り口へ引きずりはじめた。

*

「馬を落ち着かせるのに、いちばん苦労するのは、自分の心を落ち着かせることなんだ。こっちがびくついていたら、馬はたちまち気づいて、弱みにつけこんでくる」と奴隷の仲間だったザンが前に言っていた。

どうやらこちらの緊張をうまくかくせていないようだ。これでもう十回目だが、近づこうとするとジンクスはあいかわらず頭をふり立て、ひづめで地面を踏み鳴らし、スモモがすっぽり入りそうなほど鼻の穴を広げる。おまけに威嚇するように黄ばんだ歯をむきだしている。

今度もまた、ヒュラスはよくしなる長い棒をかざした。端のところにチュニックを細く切りとったものを結わえてある。なぐるためではなく、馬の攻撃から身を守るためのものだ。

ジンクスが布切れを警戒して、鼻を鳴らしながら足踏みする。栗色の脇腹に汗の泡を浮かべ、怒りと恐れで身をふるわせている。怒りのほうがだんぜん大きい。自分がつかまったと気づき、そんな目にあわせた人間のにおいに腹を立てているのだ。人間すべてに。

ヒュラスは棒をおろして待った。日ざしが頭に照りつける。近くの小川のせせらぎを聞いていると、そこで水浴びをしたくてたまらなくなった。

ようやく、ジンクスが少し落ち着いた。静かに声をかけながら、ヒュラスはそろりと近づいた。ジンクスは布切れを見つめ、また攻撃しようとする。

タラクレアの鉱山で奴隷としてこき使われていたとき、そうやって棒を使うことをザンに教わった。ザンはアルザワの出身で、馬の調教師だった父親の話をするのが好きだった。

「とにかくがまんすることだ」とザンは言っていた。「馬が気を許したら、向こうのほうから寄ってくるから」

何日でも時間があるなら、そうしたってかまわないが……。

日がかたむきかけたころ、ジンクスはふいにヒュラスを威嚇するのをやめ、首をのばして草を食べはじめた。

ようやくそばに寄り、布切れで馬の肩にふれることができた。やさしくなでると、ジンクスは背中をぶるっとふるわせたが、逃げようとはしなかった。

ヒュラスは栗色に輝く背筋から尻へと、ゆっくり布をすべらせた。それから棒をおろした。もう一歩近づく。手をさしのべる。

ジンクスは耳を倒し、軽く嚙みつこうとしたが、ヒュラスは棒でふせいだ。

しばらくしてまた手をさしのべたとき、ジンクスは嚙もうとしなかった。ぎこちなく立ちつくしてはいるものの、おとなしくヒュラスに肩をさわらせた。

ヒュラスは馬の体から放たれる熱を感じ、獣くさいにおいをかいだ。ジンクスは口に結ばれた革ひもが痛むのか、いらだったように歯ぎしりをしながら、首をふった。そのとき初めて、ジンクスの口がかさぶただらけなのに気づいた。その理由にも。口のなかにいびつな形をした青銅の棒がおしこまれ、口の両脇で固定されている。そこにつながれている手綱が引かれるたび、痛い思いをしてきたはずだ。

そんなものを見るのは初めてだったが、ザンに聞かされた話を思いだした。「くつわっていうものがあるんだ」アルザワ人の少年は嫌悪の色を浮かべていた。「おれたちはそんなもの使わない。必要ないからな！　使うのは、腕の悪さをごまかそうとするへたくそな調教師だけさ」

「これ、はずしてやるからな」ヒュラスはそっと言った。そのまま小声で話しかけながら、ジンクスの目を片手でおおい、頭からかぶせられた革の馬具をずらして、歯のあいだからくつわをやさしくはずした。

ジンクスはびっくりした顔をした。なにが起きたのか、信じられないようだ。ヒュラスが馬具を腕にぶらさげて、小川のほとりへ向かうのをじっとながめていた。

ヒュラスはナイフでじゃまなくつわを切りとり、なにかに使えるかと、小袋におさめた。それから残った馬具を洗い、砂をこすりつけて、カラス族のにおいを消した。最後に、てのひらをしっかりこすりつけて自分のにおいを革にしみこませ、それを木の枝に引っかけてジンクスがいつでもかげるようにした。

そこからは、とんとん拍子に進んだ。薬草をつみに出かけると、ジンクスはヒュラスを目で追った。そしてヒュラスが小川のほとりへもどってくると、そばに寄ってきて、草を食べはじめた。日が落ちたあと、ヒュラスが泥とヨモギの葉をねったものを脇腹のみみずばれに塗ってやったときも、いやがらなかった。沼の民の黄色いねり薬を口のまわりのかさぶたに塗ると、意外なことに、その味が気に入ったようだった。

ジンクスは首筋をかいてもらうのも好きなようだった。それに、カラス族にきつく編まれたたてがみをほどいてやると、大喜びした。尻尾でハエを追いはらいながらおとなしくじっとしていて、ヒュラスがたてがみをほどき終わると、鼻先から尻尾までをぶるぶるっとふるわせてから、草むらに転がって、ひづめを天に蹴りあげ、うれしげに鼻を鳴らした。

気づけばあたりはすっかり暗くなり、ヒュラスはあわてて枝を集めて寝小屋をこしらえた。カラス族はまだかなり遠くにいるはずだ。出発は朝でいい。

くたびれはてているのに、頭の痛みがますますひどくなり、よく眠れなかった。それでも目がさめるたびに、外にいるジンクスの静かなゆったりとした息づかいと、シュッという尾をふる音が聞こえ、心が安らいだ。

翌朝、ヒュラスは沼の民にもらったねり薬の残りを馬具に塗りつけ、ジンクスににおいをかがせた。いやがらないようなので、それを頭からかぶせた。

ジンクスは軽く足踏みしたものの、ヒュラスが二、三歩進んでみせると、おとなしく歩きだした。さらに少ししてから、そっと背中に乗ろうとしたときも抵抗しなかった。

＊

山道をさらにのぼったため、次の晩は寒くなった。

ヒュラスは切り立った崖のふちにあるマツの木立のなかで野営することにした。目の下には木々におおわれた谷間が広がり、鳥たちの声がこだましている。一日じゅう、カラス族の姿は見なかったが、火をたくのはやめておいた。ジンクスはそばに立ったまま、頭をたれて眠っている。

自分がどのあたりにいるのか、ようやくわかってきた。日が落ちる直前に、遠くにリュカス山がかすかに見えたからだ。南東の方角で、思っていたより近そうだった。いつもとちがう角度から見たせいか、夕日に赤く染まった三本の牙のような峰々の姿は、なつかしいような、初めて見るもののような、ふしぎな感じがした。リュカス山での生活は苦労も多かったが、それでもイシがそばにいた。

峰々を照らす夕日が色あせていくのをながめながら、ヒュラスは胸の痛みと恋しさをおぼえた。

寝小屋のなかにもぐりこみ、ウナギの干物をひと切れ飲みこもうとしてみたが、胃が受けつけなかった。頭はガンガン痛み、ふるえも止まらない。

反乱軍の手がかりも思うようにつかめなかった。昼のあいだに、それらしき足跡がいくつか見つかったものの、目くらましのにせものの足跡もつけられていた。よそ者でなければ、ころりとだまされたにちがいない。反乱軍はこのあたりのことをよく知っているということだ。ヒュラスが相手を見つけるより先に、向こうに見つかることになるかもしれない。そのほうがいっそ楽な気がした。

とはいえ、反乱軍のことは、ほとんどなにも知らない。沼の民の話では、農民や、漁師や、逃亡奴隷たちの寄せ集めだということだった。メッセニア出身の逃亡奴隷だったペリファスも、ひょっとしてそこにいるかもしれない。ペリファスとはタラクレアの鉱山で出会った。いっしょに落盤を生きのび、火山が爆発した島から脱出して、ほかの逃亡奴隷たちとともに、アカイアをめざしながら大海原を漂流したのだ。ペリファスもヒュラスに負けずおとらずカラス族を憎んでいた。故郷のメッセニアに帰りついたとしたら、きっと反乱軍にくわわっているはずだ。

それに、アカストスは？　あの人もいっしょだろうか。ヒュラスはだれよりもアカストスにあこがれていた。自分の父さんならいいのにと思っていたこともある。でも、春にケフティウで別れたきりだし、たとえアカイアにもどったとしても、きっとはるか北のミケーネのあたりにいることだろう。カラス族にうばわれた農場を取りかえすために戦っているはずだ。

いや、その可能性も低い。アカストスは〈怒れる者たち〉に追われているからだ。やつらがうようよいるアカイアにもどってくるはずがない。ずっと昔、アカストスはカラス族にだまされて実の弟といさかいを起こし、命をうばった。そのときからずっと逃げつづけてきたのだ。カラス族からも、復讐の精霊からも……。

〈怒れる者たち〉のことが頭をよぎり、ヒュラスは身ぶるいした。古い魔除けの呪文を小声でとなえる。ふるえは止まらない。止められないのだ。

ハボックがいてくれれば、大きな体をすりつけて毛皮で温めてくれるのに。それにピラがいたら、薬草を煎じてくれる……いや、あきれたように目をむいてみせ、自分で煎じなさいよと言って、にやっと笑うだろう。ハボックとピラが恋しくてたまらなかった。頭痛はどんどんひどくなる。もしかして病気なんだろうか。ぼんやりした頭でヒュラスは考えた。

近くでサヨナキドリが鳴いた。またピラを思いだした。春にケフティウの山奥で野営していたとき、ピラは初めてその声を聞いたのだった。真夜中の静寂のなかで大きな鳴き声がひびき、寝ていたピラは目をさました。

そしてむっとして言った。「なんなの、あれ。こんな夜中に鳴くなんて、ばかな鳥ね」

ヒュラスは笑ってしまった。「そりゃ、サヨナキドリだからさ」

「ふうん。静かにしてほしいわ、まったく。こっちは眠りたいんだから！」

やがて、ピラはおかしくなったのか、ケラケラ笑いだした。それから鳥がよそへ行ってほかのだれかの眠りをじゃまするように、ふたりでやぶに石を投げたっけ……。

ジンクスの鼻づらに肩をつつかれ、ヒュラスははっとわれに返った。金属の輪でしめつけられたように頭が痛み、ふるえるほど寒いのに、びっしょり汗をかいている。そのとき、アシ原につくられた沼の民の浮き台で見たものを思いだした。ゴザの上で身を寄せあっていた病気の人々を。熱病。自分は熱病にかかったのだ。

具合はますます悪くなっていく。吐き気の波がおしよせ、胃がひっくりかえりそうになる。

小袋に入ったケシの種の煎じ薬を思いだし、食料袋をあさった。見つからない。落としてしまったのだ。

これほど具合が悪くなったのは、エジプトでサソリに刺されたとき以来だ。あのときはピラがいてくれた。ピラの手が、この世に自分を引きとどめてくれた。

歯がひとりでにガチガチ鳴り、頭のてっぺんからつま先までふるえが走る。カラス族を気にしている場合じゃない、火をおこさないと。

火打ち石を取りだしたが、暗がりに落としてしまった。しかたなく、棒がないかと手さぐりする。なんとか二本見つかったものの、こすりあわせて火をおこす力がない。体を温めないと、死んでしまう。火をおこせないとしたら……。

イシが六つのとき、池で長く泳ぎすぎて風邪を引き、ヒュラスは農民たちの手当てのやりかたをまねたことがあった。大麦畑で眠りこんでいたロバを見つけ、イシをその背中に寝そべらせたのだ。ひと晩そのままロバの体温で温めると、翌朝イシは元気になっていた。

ヒュラスがよろよろと近づくと、ジンクスはあやしむようにじろりと見た。けれど、具合が悪そうだと気づいたのか、少し尻ごみしただけで、おとなしくヒュラスを背中に乗せた。

馬の首にほおをくっつけて寝そべると、心地よいぬくもりが伝わってきた。ジンクスが体の重心を移しかえたので、あぶなくすべり落ちそうになる。馬をじっとさせてください、とヒュラスは〈野の生き物の母〉に小さく祈りを捧げた。もしも落ちたら、二度とよじのぼれそうにない。

ジンクスは頭を低くしてまどろみはじめた。ヒュラスの意識がぼやけ、遠のいていく。いつしか野営地をはなれ、リュカス山の山頂近くにいて、イシがマツの木の下に立っていた。やせこけた胸の前で腕組みをして、ヒュラスをにらんでいる。

「なんでさがしに来てくれなかったの」イシの声が怒っている。「ずうっと待ってたのに、ちっとも来てくれないんだから！」

さがしに来ようとしたけど、次から次へとじゃまが入ったんだ。そう伝えたかった。タラクレアにケフティウ、エジプト……それに、なによりカラス族のせいで。

「それに、いまは短剣を見つけなきゃならない」と告げようとした。「でないと、いつまでも支配されたままだから」けれど、くちびるが動かず、声が出ない。

やがてイシは消え、ハボックがざらざらの熱い舌で足をなめていた。斧をかついだピラが目の前を通りすぎようとしている。

「ピラ！」呼びかけようとしたが、かすれ声しか出ない。

ピラはふりかえったが、ヒュラスに気づきもしないように黒い瞳をすどおりさせ、口笛を鳴らしてハボックを呼んだ。

ヒュラスはもう一度呼びかけたが、夢はおぼろげになり、ピラもハボックも消えた。

11

もう一頭のライオン

この山にはライオンがいる。雌ライオンは耳をすました。どこかで別の雌ライオンが吠えている——ここはわたしの土地よ！　わたしのものよ！

その雌はかなり遠いところにいるから危険はないが、もっと近くでもほかのライオンのにおいがする。少し前、獲物の死骸が転がっていて、ハゲワシに食いつくされていた。通りすぎてきたやぶにも、二、三度前の〈光〉のあいだについたらしいにおいが残っていた。それにいま、〈闇〉のなかを歩いていて、爪とぎをしようと木の前で足を止め、後ろ足で立ちあがって体をのばしてみると、幹にはもう爪跡がついていた。ほかのライオンが先にここへ来たのだ。

においからすると、まだ大人になりたてで、どこか心もとなげな雄ライオンのようだった。でも、爪跡は雌ライオンの前足がとどかない場所についているから、向こうのほうが体は大きい。

けれど、それを気にする元気もなかった。〈光〉と〈闇〉がすぎればすぎるほど、少年が恋しくなる一方だった。森のにおいがする体も、自分を呼ぶときの、遠吠えのような声も。草の茎でできた球も。少年が投げた球を追っかけて、取りかえされないように前足でかかえこむ、あの楽しい遊びも。

しかられるのさえなつかしかった。一度、親愛のしるしに少年の頭を口にくわえたとき、少年はくたっけ。

ぐもった叫び声をあげて、胸をたたいてきた。ガにくすぐられるのと同じで、痛くもかゆくもなかったのに、少年はやりすぎたと思ったらしく、ごめんよと言いつづけていた。それがとてもおかしかったっけ。

いっしょにいるあいだ、本気のけんかなんて一度もしたことがなかった。なのに、どうしてついてくるなと言われたんだろう。どうしていっしょにいたくなくなったんだろう。

少年がいなくなってからというもの、なにもかもめちゃくちゃだった。少女はしょげかえっているし、小さなふたりの泥人間はいなくなってしまった。せっかく好きになりかけていたのに。とくに小さい子のほうは、少女が見ていないときに自分をなでてくれた。その子には、どこか気になるところがあった。はっきりとはわからないものの、なにか引きつけられるものがあった。

そのうえ、ハヤブサまでおかしくなってしまった。狩りをする元気もなく、ふるえながら枝に止まったままなのだ。少女がひどく心配しているのもわかった。

雌ライオンも心配していた。自分でも意外なことに。ハヤブサはときどき頭にくるほど意地悪になるし、飛べないからといって雌ライオンをばかにする。でも、役に立ってくれることもある。自分の舌がとどかないところについたダニを上手に取ってくれるとか。それに、自分と同じくらいカラス人間たちをきらっていて、高いところからやつらの姿がないかと見張ってくれる。

ハヤブサには元気になってほしかった。少年にももどってきてほしかった。また群れがひとつになってくれたらいいのに。この山は居心地がいい。獲物もたくさん見つかるし、人間はほとんどいない。歩きまわってばかりいるのはやめて、どこかライオンのいない場所を見つけて、そこでずっと暮らせたら……。

風がマツの木々に向かってうなり、雌ライオンのにおいに気づいたのか、イノシシがシダのしげみからひょいと頭をつきだした。それには目もくれず、雌ライオンは岩に飛びのり、あたりのにおいをかいだ。

そのとき、キィーッ、キィーッとただならぬ鳴き声が聞こえた。ハヤブサだ。雌ライオンは身をこわばらせた。あれはアリをこわがっている声じゃない。

次の瞬間、少女の叫び声も聞こえた。おびえて、興奮している。雌ライオンは岩から飛びおり、森のなかをかけぬけた。

ねぐらに近づくと、さっきまでなかったにおいがした。ライオンだ。木に爪跡を残したのと同じ、大きな雄だ。

ハヤブサは木に止まったまま、警戒した声で鳴きつづけている。少女と雄ライオンは池をはさんで向かいあっている。少女は一方の前足に小さな炎をあげる棒を持っていて、もう片方にはキラリと光を放つかぎ爪をにぎっている。でも、ライオンが相手では、あんなもの小枝と同じだ。

雄ライオンは長いたてがみと、たくましい肩をしている。こちらには気づいていない。用心して風下に立っているし、向こうはすっかり獲物に気を取られている。

雄ライオンは音もなくアシ原のなかに引っこみ、少女から姿をかくした。そのまま池をまわりこむように歩いていく。少女はあたりを見まわして、ライオンをさがしている。でも、ほかの人間たちと同じように〈闇〉のあいだはほとんど目が見えないし、鼻もまるで役に立たない。まるで見当ちがいの方向に目をやっている。

雌ライオンはうずくまり、雄ライオンに見つからないように、尻尾の先も低くした。

少女はあいかわらずあさっての方向を見てばかりで、しのびよられているのに気づいていない。雄ライオンはいまにも後ろから飛びかかり、ひと噛みで背骨をくだいてしまいそうだ。その後ろを歩くこちらのにおいにはやはり気づいていない。

雌ライオンは足音を消したまま、さらににじりよった。雄ライオンが飛びかかろうと尻をつきだす。雌ライオンはジャンプした。

相手の背中に飛びかかり、かぎ爪を脇腹に食いこませる。びっくりした雄ライオンがひと声吠えてふりかえり、肩に噛みついてくる。雌ライオンはうなりながら鼻づらを引っかき、牙から逃げた。ハヤブサがかんだかい声で鳴きたて、少女が叫び声をあげながら火のついた棒をふりまわす。雄ライオンがまた飛びかかり、二頭はひとかたまりになって、うなり声をあげながら、たがいに牙やかぎ爪を相手の体に食いこませあった。雄ライオンのほうが力は強いが、身のこなしは雌ライオンのほうがすばしこいし、なにより守るべき群れがある。相手の一撃はほとんどよけられているが、向こうは痛手を負っている。

ようやく二頭は身をはなし、ハアハアと息を切らしながら、牙をむきだした。肩が燃えるように熱いけれど、相手のほうが傷は深い。鼻づらから血を流し、耳もちぎれかけている。雌ライオンは咆哮した。相手も吠えかえす。でも、戦う気はなくしたようで、くるりと背を向けると、逃げだした。
二、三歩そのあとを追いかけて、雌ライオンはまた咆哮した。これはわたしの群れよ！　わたしのものなの！　二度ともどってこないで！
ハヤブサは鳴くのをやめて翼をたたんだ。くたびれきってしまったようだ。少女のほうは、大きなかぎ爪をしまうとかけよってきて、むきだしの前足で雌ライオンをなでながら、人間の言葉でしきりに話しかけてきた。それから、くんできた水を肩の傷に浴びせてくれた――といっても、ちょっとなめればなおってしまうような軽い傷だ。

いっしょにたき火のそばまでもどると、少女はヤマウズラの肉をくれた。すっかり焼けこげていたけれど、羽がむしられているので食べやすかった。ハヤブサが枝の上から見おろしながら、くしゃみをした。少女は火に枝をくべ、雌ライオンが肉をたいらげるのを見守っていた。

食べ終わると、雌ライオンは少女のそばに寝そべり、肩の傷をきれいになめた。雄ライオンが遠くへ行ってしまったのがにおいでわかる。よかった。もうもどってはこないはず。

もっとうれしいことに、少年がついてくるなと言った理由がようやくわかった。自分はなにか悪いことをしたわけでも、少年を怒らせたわけでもなかった。あの子は、少女とハヤブサを守ってくれよと言っていたのだ。ぼくがもどってくるまで、群れの面倒を見ておいてくれと。

そう気づいて、雌ライオンは誇らしさに胸がいっぱいになり、すっかり気分がよくなった。

12

反乱軍の野営地

目をさますと、ヒュラスのほおにはジンクスの背骨が食いこんでいた。頭の痛みはなくなり、気分がずっとよくなっている。熱病は去ったらしい。

目を閉じてじっとしたまま、がっしりとした大きな馬の体のぬくもりを楽しんだ。谷間では目ざめた鳥たちがさえずっている。

鳥たちが目をさます……ということは明け方らしい。ぼんやりした頭でヒュラスは考えた。もう少ししたら、馬からおりて食べるものをさがしに行かないと。でも、いまはまだいい。

ほどなく、もう一度目をさました。ジンクスが鼻を鳴らして足踏みしている。「どうしたんだ？」体がだるく、動く気になれなかった。まぶたを閉じたまま、馬の背からすべりおりる。ひざに力が入らず、地面にへたりこんだ。

*

だれかがククッと笑った。両手で肩をつかまれ、立たされたかと思うと、太くて低い声が聞こえた。「なんだ、こいつは」

「こいつの話がうそじゃなかったらどうする？　カラス族に追われてるよそ者だっていうのが本当だったら」反乱軍のひとりが言った。ガニ股の短足で、もじゃもじゃの黒いあごひげを生やした大男だ。ばかでかい緑色の石の斧を肩にかついでいる。

仲間の男はフンと鼻で笑った。「なんだ、そいつをつきだして、ほうびをもらおうってのか」

「まさか！　だが、もしこいつの言うとおりなら、カラス族が追ってきてるかもしれんぞ！」

「それはおれも考えた」もうひとりの男は細くしなやかな体つきで、こちらも赤いあごひげをたくわえているが、貧相な顔立ちはかくせない。連れの男と同様、身につけている防具らしきものはうす汚れた粗末な綿入りのチュニックと、ぶあつい革の帽子だけだ。武器のほうも、農民が持つような代物ばかり——ベルトに差した御影石の鎚と、火打ち石の鎌、そして火打ち石の刃のついた槍。その槍はいま、ヒュラスの胸につきつけられている。

「自分がよそ者だっていうんだな」疑りぶかそうに赤ひげの男が言った。「たしかに、それらしく見える。だが、よそ者ならなんで馬やら上等の青銅のナイフやらを持ってる？　そんなナイフを持ってるよそ者なんか、見たことないぞ！　どこで手に入れた？」

「エジプトです」

「どこだ、それ？」黒ひげの大男がばかにしたように笑う。

「聞いたこともない！」赤ひげのやせた男もつづける。

ヒュラスは言いかえさなかった。反乱軍のほうに見つけてもらうというもくろみは、あっけなく成功した。予想外だったのは、カラス族のまわし者だと疑われたことだ。おまけにふたりとも、捕虜として連れかえるなどという面倒なことはしそうにない。

背後では、ジンクスが必死に手綱を引っぱっているが、大男のほうがきつく木に結わえつけてしまったせいで、逃げられずにいる。

ヒュラスも後ろ手にしばられ、崖のふちに立たされていた。すぐ後ろは谷だ。まぶしい日ざしに目を細めながら、あぶなっかしく立っているのがやっとだった。

「やっぱりこいつはあやしい」黒ひげが言いはる。「黄色い髪に、カラス族の入れ墨まで――」

「山の氏族のものです。カラス族のじゃない」

「それも問題だな」赤ひげがピシャリと言う。「ずっと昔、カラス族がミケーネを襲ったとき、山の氏族は戦わなかったんだからな！」槍がつきつけられる。「山の氏族なら、おまえは卑怯者だ！」

ヒュラスはゆっくりと首をふった。「ぼくは山の氏族だけど、卑怯者じゃない」

「馬はどこで手に入れたんだ」黒ひげがきいた。

「たまたま見つけたんです。カラス族から逃げてきたところを。ぼくも逃げてきたんです」

「カラス族のところでなにをしてたんだ」赤毛がたずねる。

ヒュラスはためらった。「頭領のところで話します」

「だめだ、ここで話せ。でないと崖からつき落とす」

「わかりました。ぼくはコロノス一族の短剣をうばうつもりなんです。カラス族の話だと、ラピトスにあるそうで。それを盗みだすのを手伝ってもらうために、わざとあなたたちにつかまったんです」

あっけに取られたような間があった。それからふたりはどっと笑いだした。黒ひげは斧で体を支えて、涙をこぼしながらおかしがっている。赤ひげのほうは木にもたれかかり、みそっ歯のすきまからヒューヒュー音を立てながら笑いつづけている。

「いやあ、いまのは傑作だったな！」赤ひげは息をあえがせた。「さあ、そろそろ本当のことを白状するんだ。崖からつき落とすってのはおどしじゃないぞ」

「短剣の話は本当です」

「いいか、ぼうず」黒ひげが涙をぬぐいながら言う。「おまえがリュカス山のヤギ飼いだったたって話はわかった。カラス族に野営地を襲われて妹とはぐれたって話もな。だが、それが本当かどうか、どうしてたしかめられる？　おれたちはリュコニアには行ったこともないんだからな！　いまわかってるのは、カラス族の入れ墨をして、やつらの大事な馬に乗ったやつがあらわれて、いきなり策を持ちかけてきたってことだけだ。おれたちが皆殺しになりそうな、いかれた策をな！」

「きっとまわし者だぜ」赤ひげが言う。

「ちがう！　それに、もしぼくをここからつき落としたら、頭領にこっぴどくしかられるぞ！」ただのはったりだ。頭領がだれか、見当もつかないのだから。でも、ふたりはそれを知らない。

黒ひげが鼻をかんだ手を太ももでぬぐった。「おれたちの仲間になりたいっていうんだな。なら、カラス族のまわし者じゃないことを、はっきりさせてもらう。仲間の名前を言ってみろ。ほら、ひとりでいい」

アカストスと言おうか、とヒュラスは考えた。でも、だれにもアカストスの名前は教えないと、前に誓ってしまっている。それに、アカストスはずっと北にあるミケーネの出身だ。「ペリファアス」一か八かでそう言ってみた。

ふたりは目と目を見交わした。

「姿かたちは？」赤ひげがきく。

「ええっと……背丈はぼくぐらいで、髪と目は茶色、鼻筋がゆがんでいて――」

「なんでゆがんだ？」

「十五のとき、鍬を踏んづけて、それが顔に当たったたんです。決まりが悪いから、友だちにはけんかで折れたって話すことにしたって」

黒ひげが笑った。「そいつは初耳だな！」

「ペリファスを知ってるんですか」ヒュラスは必死にきいた。

「なんで最初に名前を出さなかったんだ」赤ひげが言う。

「あなたたちの知り合いだって知らなかったから！　ぼくたち、タラクレアの鉱山で奴隷としてはたらかされていて、同じ船で逃げてきたんです。ペリファスの腕にもぼくと同じ、カラス族の入れ墨があるはずです。奴隷はみんな入れられたので。ぼくはそこに線を書き足したから、山の氏族のしるしになったんです。ぼくが来たって言ってください！　きっと、あやしい者じゃないって証明してくれるはずです」

また目と目が見交わされる。やがて、黒ひげが肩をすくめた。「まあ、かまわんだろ。でたらめかどうか、じきにわかることだしな」

「ぼうず、名前は？」赤毛がきく。

ヒュラスはまたためらった。「ノミ、と伝えてください」

＊

ようやく目かくしがはずされたときには、夜になっていた。ヒュラスは黒ひげ——名前はノミオスらしい——の手でジンクスの背中から引きずりおろされた。馬の背骨におしつけられていた腹がじんじんし、まだ少しふらついた。

月明かりのなかに、リュカス山が高々とそびえていた。ずいぶん近づいたせいで、すぐに自分のいる場所がわかった。反乱軍の野営地はリュカス山の北西に位置する山のなかにあるらしい。

木々のあいだに、マツの大枝でつくられた寝小屋がならび、大勢の人間がたき火をかこんでいた。身なりはまちまちで、農民や漁師、それに戦士も何人かまじっている。手足や頭に包帯を巻いた者も多い。仲間の傷を縫いあわせている者や、自分で手当てをしている者。汚れと苦難と疲れによって深いしわがきざまれた顔が、にこりともせずヒュラスに向けられている。

同じように汚れきったけわしい顔の女たちや、子どもたちの姿もある。毛むくじゃらの大きな山犬も数頭いて、それを見ると、カラス族に殺された飼い犬のスクラムを思いだし、ヒュラスの胸は痛んだ。野営地は驚くほど整然としていた。大麦の麻袋や油の入った革袋がまとめて置かれ、ヘンルーダ（ミカン科の多年草）やヨモギの葉がいぶされている。火にかけられた大鍋からは、食欲をそそる大麦の粥のにおいがしている。

エキオン――赤ひげのことだ――が足早にペリファスを呼びに行った。ノミオスはヒュラスを農民たちにあずけ、数頭のロバが草を食んでいる草むらへジンクスを連れていった。ヒュラスは心配しながら見守っていたが、大男はなれた手つきでやさしくジンクスを扱い、長い縄でマツの木につないだ。ジンクスは耳を倒し、そばにいるロバにつっかかろうとしたが、ロバはけたたましくいなき、ジンクスの肩に嚙みついた。ジンクスはびっくりして飛びのいた。ロバが頭をさげ、また草を食べはじめる。ジンクスは身ぶるいしてから、それにならった。

「こっちだ」エキオンがあごをしゃくり、ノミオスとともにヒュラスを連れて木立のなかを歩きだした。着いたところには火がたかれ、疲れた顔の戦士たちがまわりにすわっていた。見おぼえのある顔を見つけ、ヒュラスはぱっと笑顔になった。

「ペリファス！　また会えてうれしいよ！」

「おれもだ、ヒュラス」ペリファスはけわしい顔でそう返しただけで、笑みは浮かべなかった。疲労のせいで目は血走り、すねに巻いた包帯には血がにじんでいる。仲間の戦士たちと同様、綿をつめた亜麻布のチュニックを着た上にみすぼらしい泥だらけの茶色い生皮の鎧をつけている。最後に別れたときよりも髪がのびていて、それを戦士流に編んでいる。

　ヒュラスははっとした。本当に戦士だったんだ。

「それじゃ、ほんとなんだな」エキオンが言った。「こいつが知り合いだってのは」

「鉱山で命を救われたんだ」ペリファスがヒュラスを見すえたまま答えた。「それに、山が爆発することも知らせてもらった。おれだけじゃなく、グラウコスやメドンや、ほかの大勢の命の恩人さ」そしてヒュラスに向きなおる。「最後に別れたのはケフティウだったな。恋人をさがしに行ったろ。見つかったのか？」

「はい」ヒュラスは答えた。なぜだろう、尋問されているような気がする。なぜペリファスは再会を喜んでくれないんだ？

　エキオンが前に進みでて、ヒュラスのナイフとウジャトのお守りをペリファスに手わたした。「こいつ、こんなものを持ってた」

　ペリファスはそれをじっと見つめた。それからため息をつき、片手で顔をこすった。「このお守りはエジプトのだな」

「ええ。でも、それが――」

「なあ、ヒュラス。なにかのまちがいならよかったのに。だが、これではっきりした」ペリファスは怒りに燃えた目でヒュラスをにらみつけた。「カラス族に短剣をわたしたのはおまえだな」

＊

戦士たちがぱっと立ちあがり、剣をぬいた。ペリファスの言葉を聞いた者たちがいっせいにかけよってきて怒鳴りだす。

「こいつがやったのか。生かしちゃおかないぜ！」

「そこの木に吊るしちまえ！」

「ひと目見て、あやしいやつだと思ったんだ！」

「もういい！」ペリファスが一喝し、あたりは静まりかえった。「なんでだ、ヒュラス」低い声でそうきく。「なんでわたしたのか言え」

ヒュラスはぐっとあごをあげ、おさえた声で答えた。「テラモンがピラを人質にしたから。短剣をよこさないと殺すと言われたんです」

ペリファスは眉をひそめた。「ピラ……それがケフティウでさがしていた娘っ子か……そうだな？」

ヒュラスはうなずいた。

「なんてこった、ヒュラス」ペリファスは苦虫を嚙みつぶしたような顔をした。「その子にそれだけの値打ちがありゃいいが」

「なんでエジプトでのことを知ってるんです？」

ペリファスがまたため息をついた。「テラモンの船で帰ってきたカラス族のひとりが逃亡したんだ。実のおばがワニに食われるのを見殺しにするテラモンを見て、このままでいいのかと疑問に思ったらしい。おまけに、ライオンとハヤブサがおまえを助けるところまで目にして、神々がおまえの味方なら、さからうのはおろかだとさとったそうだ。だから船がアカイアに着いたとたん逃げだして、おれたちにくわわったってわけさ」そこでひと呼吸おく。「てっきりでたらめだと思ったんだ。まさか、おまえが――よりによって、おまえが――カラス族に短剣をわたすなんて」

ヒュラスはくちびるをなめた。「やるべきことをやっただけです、ペリファス。この次もきっと同じようにする。でも、ぼくを殺しても、やつらは倒せない」そこで少し間をおいた。「前にお告げのことを話したでしょ――〝よそ者が剣をふるうとき、コロノス一族はほろびるだろう〟」

「いまさらそれがなんだ」ペリファスが怒鳴った。「おまえのせいで、やつらは短剣を取りもどしたんだ！　おまえのせいでやつらは無敵になって、おれたちは北での戦いに負けた。メッセニアももう半分やられたし、大勢の人間が死んだんだ！　おまえがあれをテラモンにわたしさえしなけりゃ、なにもかもちがっていたかもしれないんだぞ！」

それについては言いわけのしようがない。「でも、いま短剣はラピトスにあります」ヒュラスは手短にテラモンとのやりとりを話して聞かせた。「そうじゃないかと思ってたけど、テラモンのようすを見て、確信したんです！」

「だからどうした」ペリファスがピシャリと言う。「それだけじゃ、たしかとは言えんだろ」

「ペリファス、ぼくはあなたに会いに来たんです」ヒュラスは必死に言った。「わざと見つかるようにして。いっしょにラピトスへ、短剣をうばいかえしに行ってもらうために！」

ペリファスが仰天したように見つめる。やがて、かわいた笑い声をあげた。「なんだと」すごみのある低い声でそう言う。「十キュービットの厚さの壁で守られた要砦を襲うってのか。まわりを見てみろ、ヒュラス。仲間の半分はけが人で、残りの半分は戦いかたも知らないんだぞ！」

ペリファスは立ちあがり、傷ついたすねをかばいながら二、三歩はなれると、また近づいてきてヒュラスを見おろした。「ここにいる連中のほとんどは、カラス族とちがって戦士じゃない」奥歯を噛みしめながらつづける。「まともな軍隊じゃないんだ。それに、仲間をひとつにまとめる旗頭もいない。だから北での戦いに負けたんだ。それがいま、ようやく本物のミケーネの大族長がもどってこられた。夢にも思わなかった幸運だ。これでもしかすると――そう、もしかすると――敵を倒せるかもしれない。なのに、あのかたは――」そこで顔をしかめて、しゃべりすぎたというように口をつぐんだ。

ヒュラスはその顔を見あげた。「でも……本物の大族長は死んだはずだ！　十五年前、カラス族がミケーネに攻め入ったときに」

「おれたちもそう思ってた。だが、もどってきてくださったんだ。おそすぎたかもしれないが」

「こんなこと話してたって、らちが明かない」エキオンがうなった。「このぼうずがカラス族に短剣をわたした、それだけわかりゃいい！」

「そうだ」ほかの男がつづける。「さっさとこいつを始末しよう――」

「おれがいいと言うまでだめだ」ペリファスがさえぎった。

「でも――」

「まとめ役はおれだ、エキオン。ヒュラスにはタラクレアで命を救われた。殺させたりしない」

「なら、こいつをどうするんだ」エキオンがきく。

ペリファスは両手を腰に当てた。「大族長のところへ連れていこう。あのかたに決めていただく」

＊

ヒュラスはまた目かくしをされ、今度はロバの背に乗せられた。ジンクスよりも骨張っていて、乗り心地はひどいものだった。野営地を出るとき、最後に耳にしたのは、ジンクスのかんだかいいななきだった。置いていかれるのをいやがっているのだ。大事に扱ってもらえるようにとヒュラスは願った。

ありがたいことに、ロバからはじきにおろされた。石ころだらけの急なくだり坂だったが、そのまま歩かされ、どこかへ連れこまれた。音がこだましているから、洞穴のなかだろう。ワインとたき火のにおいがする。目かくしが乱暴にはずされた。

まぶしい炎に目を細めながらあたりをたしかめると、洞穴の入り口には番兵がいた。目の前に小さな火がたかれ、その奥に男がすわっている。暗くてはっきりしないが、洞穴の壁にのびた影から見て、長身で肩幅が広く、長い髪を戦士流に編んで、短いごわごわのあごひげを生やしているようだ。

ペリファスがヒュラスの背中に手を置いて、地面にしゃがませた。「大族長の前だ、ひざまずけ」

そして自分も身をかがめておじぎをした。「大族長さま」うやうやしくそう呼びかける。「おっしゃっていたとおりでした。わたしが会ったのもこのぼうずです」

ミケーネの大族長はうなずいた。そして腰をあげ、足を引きずりながら火のそばへ出てくると、ヒュラスを見おろした。

ヒュラスの心臓がはねあがった。

「やあ、ノミ公」アカストスが言った。

13

ミケーネの大族長

「あのライオンはどうした」たき火に照らされたアカストスの顔からは、なんの表情も読みとれない。

「ピ、ピラといっしょです」ヒュラスはびっくり仰天したまま答えた。「デントラとかいう場所へ、妹をさがしに行って」

「おまえはなぜ行かない？」

「テラモンを追うためです。短剣を持ってるはずだと思ったから。でも、それはわなだった。命からがら逃げだしてきたんです」

いまだに信じられなかった。流れ者のアカストス……鍛冶師のアカストス……〈怒れる者たち〉に追われるアカストス……弟の霊をなぐさめるために、位の高いカラス族の生き血を捧げると誓ったアカストス。そのアカストスが、ミケーネの大族長だったなんて。

アカストスと最後に会ったのは、吹雪に見まわれたケフティウの山奥の小屋だった。そのときは粗末な羊皮の胴着を着て、長旅の汚れにまみれていた。汚れまみれなのはいまも同じだが、着ているのは質のいい亜麻布のチュニックと、つややかな深紅の革のキルトだ。胸にさげた吊り剣ベルトには金細工があしらわれ、さやからつきでた漆黒の柄には、もっとも貴重な金属といわれる銀が帯状に巻かれている。

たき火のそばには、大きくて重たげな白い牛革の楯が横たえられ、その表面に金箔でかたどられたライオンが声のない咆哮をあげている。イノシシの牙のかけらが張りあわされた兜のてっぺんには、長く白い馬の尾の毛があしらわれている。鎧は神にふさわしいほどりっぱなものだ。すね当てに肩当て、籠手、胸板。すべてがみがきあげられた青銅製で、飛びはねる雄ジカと狩りをするライオンの模様がきざまれている。

戦士を思わせる体つきは元からだが、いまは顔や髪も戦士らしく整えられている。たくさんのふさに編まれ、金の針金で結わえられた黒髪。短く切りそろえられたあごひげ。でも、目は以前のままだ。ふしぎなほど淡い色の瞳は、魂の奥まで見とおし、見る者を釘づけにする力をたたえている。

アカストスになにかたずねられ、ヒュラスははっとわれに返った。「テラモンをどうしたかときいたんだ。まさか、生かしたまま置いてきたんじゃないだろうな」

その声も変わっていない。水のようになめらかなときもあれば、御影石のようにざらついているときもあるが、底のほうにはいつも、つい耳をかたむけ、したがってしまいたくなるような力強さがある。

「殺すチャンスはあったんです。でも……でも、できなかった」

背後にいるペリファスがうなり声をあげた。アカストスが目でだまらせる。「カラス族の命を救うのが得意らしいな、ノミ公」

ヒュラスは顔を赤らめた。アカストスはたき火のそばにもどって腰をおろし、ヒュラスとペリファスにもすわれと合図した。

そして小袋から木の葉を取りだして嚙み、左右に取っ手のついた粗末な土器に注がれたワインで飲みくだした。幽霊や〈怒れる者たち〉を遠ざけるための、クロウメモドキの葉だ。それも以前と変わっていない。

「やっかいなやつだなおまえは、ノミ公。ここの者たちはおまえを殺したがっている。そうするべきかもな」

「でも、そんなことできないはずだ！　前に言ったでしょ、ぼくたちの運命の糸はからまりあっているって――」

「おまえといると、ことがうまく運ばなくなるとも言ったぞ。いつもそうだ」

ヒュラスは大きく息を吸った。「ぼくに兵士を五人つけて、ラピトスへ行かせてください。なんとか短剣を盗む方法を見つけますから！」

ペリファスが鼻で笑う。アカストスは信じがたいという目でヒュラスを見つめた。「あんなことをしでかしておいて、自由にしてもらえると思ってるのか！」

「兵士を貸してくれないなら、ひとりでも行く――」

「おまえ、自分がどれだけ面倒を起こしてきたか、わかっとらんな。去年の夏、タラクレアでおまえに短剣をわたして、こわせと言ったな。それも、おまえにけがをさせられて、しかたなくだ」そう言ってアカストスがふくらはぎのやけどのあとをさする。「どういうわけだか、おまえはそれをこわさなかった。おまけにエジプトでは、よりによってカラス族にわたしたんだ！」

「そうしないと、ピラが殺されるところだったんだ！」

「言いわけなど聞きたくない。やつらの手に短剣がもどったんだぞ！」怒鳴り声が洞穴にひびきわたる。やがてアカストスはてのひらでひげをこすり、落ち着いた声にもどってつづけた。「大事なのはな、ヒュラス、ここの者たちがおまえの血を欲してるってことだ。それを責められるか」

ヒュラスはつばを飲みこもうとしたが、口のなかはカラカラだった。「でも……あなたは、ぼくを手にかけたくはないでしょ。それに、ペリファスだって」そううったえると、アカストスよりも若いペリファスは、ぎこちなく身じろぎした。

アカストスの荒々しい顔に影がさした。両手がかかげられる。「どうしたもんかな、ノミ公！ おまえはじゃまばかりするやっかい者だ。だが、じつを言うと、おれがアカイアへもどったのも、おまえと会ったからなんだ」

ペリファスが驚いた顔で大族長を見やる。

ヒュラスは当てずっぽうで言った。「ハボックが関係してるんでしょ」

アカストスはくちびるをゆがめた。「おまえがかしこいのを忘れてたな。そうだ。ハボックのせいだ」

「おまえがケフティウでさがしに行った子ライオンのことか」ペリファスがきいた。

「いまは一人前のライオンです」ヒュラスは胸を張った。「ああ、見てもらいたいな、アカストス――じゃなくて、大族長さま――すごくきれいで、強いライオンになったんです！」

アカストスは顔をしかめて、足元の大きな白い楯に目を落とした。金箔でライオンの姿がかたどられている。「またライオンか」そうつぶやき、ペリファスのほうを向いた。「タラクレアにいたとき、この小僧はおれの鍛冶場にひょっこりあらわれたんだ。それもライオンの子を連れて。それからケフティウでは、今度はそのライオンが、吹雪のなかをこいつを連れてやってきたんだ！ よっぽどのばかでないかぎり、兆しだと気づくだろう」

ペリファスがはっとした。「なるほど！ ライオンは、ミケーネのライオンがおもどりになるという兆しだったのですね」

アカストスは重々しくうなずいた。「長年待ったすえに、国へもどるときがようやく来たと気づいたんだ。ようやくみなを率いて、カラス族を倒すときがきたと――」

「そのとおりです！　ぜひそうしてください！」ペリファスがうったえる。

「どうやってだ」アカストスは切りかえし、ヒュラスに向きなおった。「おれがカラス族と戦いもせず、こんな洞穴にかくれているわけがわかるか」

「ええと……」

「洞穴だけは」アカストスが苦々しげにつづける。「〈怒れる者たち〉の立ち入れない場所だからだ！　やつらは空気の精霊なんだ、ヒュラス。こういう穴のなかにいるかぎりは襲ってこない。でないと、ほかの者たちも、おちおち眠れやしないんだ！」

アカストスはもうひと口ワインを飲み、手の甲で口をぬぐった。「少し前、反乱軍の生き残りをこのメッセニアに集めたんだ。おれがここへ着いたときには、北での戦いに負けたあとだった。だが、おれがみなを率いれば、カラス族を打ち負かせるかもしれんと思った」顔がけわしくなる。「結局、矢の一本も射かけられずじまいだった。ある晩、〈怒れる者たち〉があらわれたんだ。おまえはやつらをそばで見たことがあるから、想像がつくだろう、ヒュラス。あの混乱と恐怖を。恐れをなした家畜が逃げだして、崖から飛びおりたせいで、一週間分もの食料を失ったんだ。そんなことになるとわかってて、どうして軍を率いたりできる？」

「ですが、勝ち目はあります！」ペリファスが叫ぶ。「あなたなしでは、なんの希望もない！」

「おまえにはやつらのこわさがわかってないんだ、ペリファス。あの焼けこげた肉のにおいも、舞いおりてくる翼の音も知らんのだから。闇のなかでにおいをかぎつけられて、恐怖に心臓が凍るあの感じも……」アカストスはふるえる手でワインの杯を持ちあげた。

洞穴に沈黙が落ちた。たき火がはぜ、パチッと音をあげる。

アカストスは肩を怒らせ、刺すようなまなざしをヒュラスに向けた。「ま、こんな話は、いま関係ないがな。問題は、おまえをどうするかだ」

「行かせてください」ヒュラスは間髪をいれず答えた。「なんとかラピトスにもぐりこむ方法を見つけて——」

「いや、だめだ、おまえには面倒を起こされてばかりだからな、同じ失敗をくりかえすほどばかじゃないぞ！」

「なら、どうするつもりです？」

アカストスの目にあわれみと苦しげな色が浮かび、ヒュラスの胃がすっと冷たくなった。「気の毒だがな、ノミ公。おまえはツキが悪い。あきらめてくれ」

ヒュラスは返事をしようと口を開いた。だがその瞬間、洞穴の外で物音がし、番兵がかけこんできて、ひざまずいた。

「斥候がもどりました、大族長さま。リュコニアからです。取り急ぎ、ご報告したいことがあるそうです！」

*

斥候は何日も走りつづけてきたようだった。ほこりまみれで、足には血をにじませ、番兵たちに支えられてたき火のそばへやってきた。その場にくずおれる姿を見ると、アカストスはまず大麦とヤギのチーズを入れたワインを一杯飲ませた。つづいて湯気をあげる粥もあたえた。

斥候は夢中でそれをむさぼりながら報告をはじめた。ファラクスがリュコニアの平原を西へ進みながら、村々を焼きはらい、反乱軍の残りを蹴ちらしているという。きたえあげられた大軍を相手に、反乱軍は手も足も出ずにいる。一方、山脈の反対側では、テラモンの軍がリュカス山の南斜面をまわる街道を通って東へ移動中とのことだった。

「はさみ討ちか」アカストスがゆっくりとうなずいた。「ファラクスとテラモンはリュコニアの反乱軍をふた手から攻めるつもりだ」てのひらをこすりあわせる。「逃げ場をなくして、全滅させられる」

「こちらが援軍に向かえば、間に合うかもしれません」ペリファスが言う。

「ああ、だがどうやってだ？　メッセニアとリュコニアは山脈でへだてられている。街道を通ってかけつけようにも、じきにテラモンの軍と出くわすことになる。先まわりすればいいとおまえが言いだす前にはっきりさせておくが、とても間に合わない」

「大族長さま、それだけではないのです」斥候がせきこむように言った。「ファラクスがコロノス一族の短剣を戦場でふるっているそうです！」

「まさか、そんな！」ヒュラスは思わず叫んだ。「だって、ラピトスにあるはずだ」

斥候は初めてヒュラスに気づき、とまどった顔をした。

「つづけろ」アカストスが命じる。

「たしかに、短剣はラピトスにあったのです。ですが、聞いた話では、コロノスが兵たちの士気を高めるために、ファラクスの手元へ送ったのだとか。それが事実なら……」斥候が身ぶるいする。「だれにも太刀打ちはできません。やつは無敵になる！」

「ファラクスが持っているのはたしかに本物なのか」

「た、たしかではありません。だれもはっきりとは知らないのです」

「コロノスの思うつぼだな。疑いと恐怖の種をまくことで、ファラクスの力が強まるというわけだ。リュコニアの反乱軍に勝ち目はない」

「こちらが先に着けばなんとかなります！」ペリファスが声を張りあげた。「ファラクスより早く着けば、力を合わせられるはずです。短剣があろうとなかろうと、あなたが指揮をとってくだされば、敵を打ち負かせます！」

「だが、時間がない！　テラモンの軍がいるから、南まわりの街道は使えない。それに、山脈をぬけるには、少なくとも五日はかかる！」

「いや、そんなことはない」ヒュラスは言った。

全員の顔がヒュラスに向けられる。

「この者は？」と斥候がきく。

アカストスの目がヒュラスを射すくめた。「どういうことだ」

「間に合うように行ける道を知ってます。それに、〈怒れる者たち〉を遠ざける方法も。それなら軍を指揮できるはずでしょ」

「そんなに都合よくいくのか」アカストスがこわいほど静かな声できいた。

ヒュラスはためらった。「教えたら、自由にしてもらえますか」

「かけ引きしてる場合か！」

ヒュラスは深々と息を吸った。「わかりました。まずは、〈怒れる者たち〉のことです。ピラはデントラとかいう山の上の聖所に向かっています。そこにまじない女がいて――」

「その女のことならもう知ってる」アカストスがピシャリと言う。

「でも、それがヘカビだってことは？」

アカストスは息をのんだ。

「ヘカビとは？」ペリファスがきく。

「タラクレアのまじない女です。すごく強い力を持ってる。去年の夏、ヘカビはアカストスに〈怒れる者たち〉を遠ざけるお守りをあげた。効き目はあったでしょ、アカストス。クレオンが要砦にやつらを呼び集めたとき、やつらに気づかれずにすんだんだから。ヘカビならまたそうできるはずだ！」

「手おくれになる前にさがしだせればな」アカストスがあごを引っかく。「デントラはそう遠くないからなんとかなるかもしれん。だが、たとえ――たとえだ――うまくいったとしても、山の向こうの反乱軍がやられる前に合流するのはとうてい無理だ」

「いえ、できます！　通り道は、テラモンが向かっている街道だけじゃない。別のぬけ道を知ってます」ヒュラスは斥候に目をやり、それからアカストスに向きなおった。「山の向こうのリュコニアに着くのに五日って言いましたよね。ぼくなら二日で行ける」

14

まじない女ヘカビ

「もうじきよ」ピラは息をはずませながら坂道をのぼっていた。

先を行くハボックがふりかえり、ピラが追いつくのを待った。ピラを助けるために雄ライオンと戦ってから二日がすぎても、肩の傷からは血がにじみ、いやなにおいもしていた。それなのに、ハボックはずいぶんごきげんそうに見える。ヒュラスを恋しがるのをやめ、ピラのそばをはなれなくなった。ピラを守るのが自分の役目だと思っているように。

いまピラの頭を悩ませているのは、エコーのことだった。沼の民の薬はハヤブサには効かないらしい。エコーはすっかり弱り、長くはもちそうになかった。ピラはエコーを温めようとチュニックの胸元へ入れて抱いていた。そのふくらみは痛々しいほど軽く、不安になるほど、ほとんど動かなかった。生きているしるしは、ときどきかすかにふるえるかぎ爪だけだった。

ときおりめまいの波に襲われるたび、自分がエコーと同じことを感じているのがわかった。音がふっとかき消え、視界がピンの先ほどにせばまって、熱にうかされたエコーと同じように、魂がさまよいだしそうに思えた。

「もうすぐよ、エコー」ピラはそっと呼びかけた。「ヘカビを見つけて、なおしてもらいましょうね、きっとよ！」

沈みゆく夕日がオリーブの木々を銀色に照らし、風がアザミや黄色くしおれた草の葉を揺らしている。じきにデントラ山のいただきに着くはずだ。上流をめざしてさかのぼってきた川はちょろちょろと流れるわき水に変わり、斜面をぐるりとおおう背の高いマツ林の上に、山頂がのぞいている。

聖所はきっとすぐそこだ。あたりにはうなるような奇妙な音がひびいている。かろうじて聞きとれるくらいの低い音だ。ヘカビがいなかったらどうしよう？　別人がいて、助けてもらえなかったら。

それに、いるのがヘカビだとしても、本当に助けてくれるだろうか。タラクレアでいっしょにすごしたとき、ヘカビはしたたかで、かくしごとも多かった。本物の呪文をあやつるかと思うと、いんちきのときもあり、それを見分けるのはむずかしかった。ひとつだけたしかなのは、ヘカビが全身全霊で故郷の火の島を愛しているということだ。その島を、青銅を目当てにやってきたカラス族のせいで失ったのだ。

ハボックが近づいてきて、ハヤブサの形にふくらんだピラのチュニックにそっと鼻づらをこすりつけた。エコーはぴくりとも動かない。ピラは足を速めた。

うなるような音が大きくなってきた。ハボックがマツ林の手前でまた足を止め、ピラを待った。用心してはいるようだが、こわがるようすはない。

のぼってくる途中にはツバメの声がうるさいほどだったが、林のなかは鳥の声がまるでしなかった。つんとするにおいがただようひんやりした木陰に入ると、マツの落ち葉が足をつつみこんだ。

ブーンという奇妙な音は、どこか一か所からではなく、そこらじゅうから聞こえてくるようだ。やがて、その音が木の上からひびいてきているのがわかった。無数のハチが枝のまわりを飛びまわり、なにやらいそがしげにはたらいている。

西の峰々の向こうに日が沈むと、ハチの羽音はさらに激しくなった。林をぬけてむきだしの岩肌の斜面に出たとたん、風に吹かれて汗が冷えた。でこぼこした灰色のデントラ山の峰が、目の前にそびえ立っている。

ケフティウの山頂聖所にはほこらと雄牛の角があったが、ここデントラでは、いただきのすぐ下にある小さな洞穴が黒い口を開けているだけだ。入り口は粗末な捧げ物がぶらさげられたイチジクの木でなかばかくされ、奥からわき水が流れだしている。なかにほこらがあるのだろう。

「ヘカビ？」ピラはそっと声をかけた。

背後でブーンという音が強くなる。声を出したのをハチたちが怒っているらしい。

「ヘカビ！」もう一度ささやいてみる。「わたしよ、ピラよ！」

返事はない。ハチたちの羽音と、マツのざわめき以外には、チョロチョロと奥でひびくわき水の音しか聞こえない。ピラはチュニックのふくらみにふれた。エコーは熱にうかされたままだ。ヘカビが見つからなければ、きっと死んでしまう。

となりにいたハボックがなにかのにおいをかぎつけたのか、斜面をかけおりていった。ピラは呼びもどさなかった。声がとどかないほど遠くへは行かないだろうし、大声をあげるとハチたちをさらに怒らせてしまう。

洞穴のなかから、ひと筋の煙が流れでてきた。ピラの胸は高鳴った。だれかなかにいる。

「がんばってね、エコー。ヘカビがいたら、ぜったいになおしてもらうから！」

だが、入り口まで来たところで、ピラはひるんだ。イチジクの枝で揺れている捧げ物のひとつはカラスの死骸だった。怒りにまかせたように引きさかれ、くぼみだけになった目にはウジ虫がわいている。それをよけた拍子に、地面に置かれた粘土の皿を踏んづけそうになった。その皿にたっぷりと注がれた血はどろどろになり、無数のハエがたかっている。

暑い山道とはうって変わり、洞穴のなかはひんやりしていた。真っ暗ななか、少し奥にぼんやりとした明かりが三つともされ、水のわきでる音がひびいている。煙が目にしみた。お香がたかれているのではない。胸が悪くなるようないやなにおいだ。

「ヘカビ？」ピラはささやいた。

ヘカビ、ヘカビ……と洞穴がささやきかえす。

ピラは身をかがめて手さぐりで進み、小さな黒い水たまりの横を通りすぎた。ここがわき水の源らしい。ぬれた岩肌が手にふれた。てのひらに黒ずんだものがつく。血のようなにおいがした。

暗がりに目がなれると、洞穴の天井は真っすぐに立てるほどの高さがあるとわかった。岩の割れ目やすきまのあちこちに小さな捧げ物がおしこまれている。粘土でできた雄牛に、キツネ、テン、ヘビ、カエル。どれも手前に向けられ、絵の具で描かれた目はピラをすどおりして、洞穴の中央へと注がれている。そこに灰色の石膏でできた小さな三本脚の供物台が置かれている。

ピラははっとした。捧げ物のようすがどう見てもおかしい。供物台はひっくりかえされ、天を向いた三本の脚にそれぞれ煙をあげる棒が結わえつけられていて、その先にはお香ではなく悪臭を放つ糞が塗りたくられている。捧げ物そのものも、天板の裏につき立てられた杭に刺さっている。ひとつは干からびたマムシの死骸で、血がこびりついた布切れが巻きつけられている。ふたつ目はうすい杯のかけらで、しわしわのコウモリの翼でくるまれている。三つ目は、細い黒髪のふさで、一方の端に小さな粘土の円盤が結わえつけられ、サソリの死骸にからめられている。

全身に鳥肌が立った。呪いだ、とピラは思った。これは呪いだ。

そのとき、わき水の音にまじって、低いつぶやきが聞こえた。怒りとうらみのこもった声が、あたりを毒気でみたす。

洞穴の奥の暗がりから、なにかが飛びだしてきた。ぼさぼさに乱れた灰色の髪と、憎しみにゆがんだ灰色の顔。「出ていけ！」いやなにおいの息とともに、金切り声が飛んでくる。「出ていけ、出ていけ、出ていけ！」

ピラは飛びすさった。灰色の指がのどのすぐそばをかすめる。「わたしよ、ピラよ！」

相手はぴたりと止まった。らんらんと光る目がピラのほおの三日月形の傷あとを見すえる。

「あんただったの！」ヘカビが叫んだ。

＊

「精霊たちにも見捨てられた」ヘカビが洞穴の外を行きつもどりつしながらつぶやいた。「まじないもまるで効かない。おまけにこの子まであらわれて……まったく、わけがわからない……」

「エコーが病気なの。助けてあげて！」

ヘカビは心ここにあらずといったようすでちらりとピラを見ると、また歩きだした。

ピラは驚きをかくせなかった。まじない女はすっかり面変わりしていた。年齢不詳のくっきりとした顔立ちは、きれいと言ってもいいほどだったのに、いまはやつれきり、体も骸骨のようにやせて、頭から足の先まで灰色の土ぼこりにまみれている。タラクレアのならわしどおりに手首につけられたやけどのような輪っかの形の傷あとは、新しいかさぶたにおおわれている。消えてしまった故郷をしのんで、かきむしったせいだろう。熱を帯びた黒い目をそわそわと動かし、炎の熱のように怒りを発している。

どうしよう、とピラはおびえた。故郷を失った悲しみでヘカビがおかしくなってしまったのなら、エコーは死んでしまう。

「まじないが効かない」ヘカビはまたつぶやき、関節が鳴るほど強く両手をにぎりあわせた。「なにかが足りないはず……でも、なにが？」

「ヘカビ、聞いて！　エコーが死にかけてるの、助けてあげてよ！」

「なんでわたしが？　大事なのはカラス族を倒すことだけ……だけど、武器だけじゃ倒せないのよ！」

「前はそうじゃなかったのに。タラクレアでは、ハボックにもやさしくしてくれたじゃない！」

ヘカビは、思い出に胸を刺されたようにたじろいだ。「暗闇と苦しみ、残ったのはそれだけ……この命はカラス族をほろぼすためだけにあるの」

ピラは洞穴のなかのひっくりかえされた捧げ物を思いだした。髪のふさの端に、小さな粘土の円盤が結わえられていた。そのとき、気づいた。あれはテラモンの髪だ。

「カラス族に呪いをかけるつもりなのね。あの杯のかけらは……コロノスのものだったんでしょ。一度だけ使って、投げすてたものよね。それにあの血のついた布切れは、ファラクスの包帯——」

「なのに、なんで効かないのよ！　なにもかもためしたのに、なにも起こらない！　なにかが足りないはず、でも、なにが？」

「呪いのことならちょっとは知ってるわ」ピラはためらいながら告げた。「エジプトでやったから。そのせいでワニが寄ってきてアレクトが死んだの」

ヘカビがぱっとふりむいた。「あれ、あんたがやったの」

ピラはうなずいた。「力になれると思う。でも、まずはエコーを助けて」

ヘカビは少し迷ってから言った。「見せてみなさい」

ピラはチュニックのなかからハヤブサをそっと出した。エコーはぞっとするほど軽かった。頭はだらりとたれ、黒い目をおおう黄色いまぶたは糸のように閉じられている。濃い灰色の美しい翼もぐったりと動かず、斑点のある黄褐色の胸もげっそりとやせてしまっている。ヘカビにも手のほどこしようがなかったらどうしよう？

ヘカビが土まみれの指でエコーの胸をなで、眉をひそめた。「この鳥には特別な力があるね。どこの生まれなの」

「ケフティウよ」

「ケフティウのどこ？」

「タカ・ジミ。山の上にある聖所で――」

「知ってる」ヘカビはピカリと目を光らせて、また歩きまわりだした。「それでわかった」とつぶやく。「そう、呪いをかけるには、たくさんの土地の助けを借りないと。カラス族にけがされた土地の！これはケフティウの聖なる鳥だから――」

「だめ、エコーはわたさないわ！」

「生け贄にするわけじゃない。羽根一本あればいいの！」

「それだけでも、ショックで死んじゃうかもしれない！」

ヘカビは聞こえなかったように歩きつづける。「たくさんの土地の助け、そう、それが鍵だったのよ」足が止まる。「でも、タラクレアは？　自分の故郷のものがなにもないなんて！」

「前に持ってた、黒曜石の粒のお守りは？」ピラはエコーをかばうように抱きかかえた。「それか、占い石とか、火の山でとれた硫黄とか――」

「みんななくなった」ヘカビは苦しげに顔をゆがめてうめいた。「脱出のときのどさくさで、なにも残ってないのよ。これじゃ、呪いはかけられない！」

「そんなことないわ」ピラは勢いこんで言った。急いで小袋を開け、小さな象牙のくしを引っぱりだしてヘカビの足元にほうった。「ほら、これはエジプトから持ってきたものよ。それからこっちは……」首飾りについていた金の飾り玉の最後の一個を投げだす。「これはケフティウの女神の館から持ちだしたの。羽根一本よりずっと強力でしょ！」

ヘカビは飛びつくようにそのふたつを拾いあげ、胸におしあてた。「でも、タラクレアは？」

ピラは必死に頭をめぐらせた。「タラクレアのものをわたすかわりに、エコーを助けて」

ヘカビが疑わしそうに眉をひそめる。「わたしの島のものを持ってるって？　そんなはずはない、あそこはもう消えてしまったんだから。カラス族のせいで〈火の女神〉がお怒りになって、吹きとばしてしまわれたのよ！」

「持ってるってば」ピラは言いはった。「でも、まずはエコーを助けるって誓って！」

「先に見せなさい」

ピラはせきばらいをしてから、呼び声をあげた。そのまま待つ。もう一度呼んだ。

ヘカビは斜面の下で動くものに目をとめ——息をのんだ。

ハボックがマツ林のはずれに立っている。耳をぴんと立て、用心深くふたりを見比べながら、ヘカビのにおいをかぎ分けようと鼻をひくつかせている。夕日の最後の光に照らされて毛皮が金色に輝き、黒いふちどりのある大きな目もきらめいている。

「ハボックの毛をひとふさあげる。ひとふさだけよ。でもまずはエコーを助けるって誓って。それに、ハボックを傷つけないって」

「傷つけるだって？」ヘカビはささやくように言って、ひざをついた。涙がほおを伝い落ち、こびりついた灰色の泥に筋をつける。「〈火の女神〉の聖なるしもべを？」

「誓って」ピラはくりかえした。

「誓うわ。いまはなき故郷の島にかけて……〈火の女神〉にかけて……誓います」ヘカビは荒々しく息を吸い、両手をさしだした。「ハヤブサをこっちへ。やるだけのことはやってみる。手おくれかもしれないけれど」

15

エコーの魂

「ときどき……エコーが飛んでると」ピラはためらいがちに話しだした。「わたしも飛んでるみたいな気がするの。翼で風を切る感じがわかるし、ずっと下のほうにいる獲物も見える。舞いおりたり、風に乗ったりするのも感じるの。体をひねって、宙返りや急降下をしたり。でも、いまは……」鼻の頭をつまんで、涙をこらえる。「いまは真っ暗闇で、遠くにぽつんと小さな光が見えるだけ。翼を動かす力も残ってないし――エコーには、ってことだけど――おびえてて、怒ってる。自分が病気だってことを理解できてないの。わかってるのは飛べないってことだけ。ハヤブサにとって、そんなにつらいことはないのに……」

ヘカビは両足を組んですわり、ひざにエコーをかかえていた。片方の翼の下に指をさしこんで、胸にふれる。「やせすぎね。筋肉が弱ってる」くちばしについた泡を指でぬぐい、鼻先に持っていく。「変なにおいがする。薬はなにを飲ませたの」

ピラは沼の民にもらった黒い粉のことを伝えた。「なにかはわからないの、それをくれた男の子は口がきけなくて」

ヘカビの茶色い目がかすかに光った。「ケシの種をつぶしたものだろうね」

「ハヤブサには効かなくて」

ヘカビはだらんとたれたエコーの黄色い足にふれた。「冷たいはずなのに、熱を持ってる――」

「そんなのわかってるわ！」ピラは怒鳴った。「羽につやがないのも、ふるえが止まらないのもわかってる！　それで、どうするの」

エコーがうっすらと片目を開けて、しわがれた声で鳴いた。ピラの胸がしめつけられた。「助けられる？」

「言ったはずよ、わからないって。肉は持ってる？」

ピラがエコーのえさ袋をわたすと、ヘカビはくさりかけたにおいのするハトの肉切れを取りだした。それからうす汚れたヤギ革の袋についた牛の角の栓をぬき、緑がかった汁を二、三滴てのひらに取った。

「なに、それ」ピラは疑わしげにきいた。

「カラシの種やらニンニクやらをまぜたものよ」

鼻づらをもぐりこませてきたハボックを、ヘカビはやさしくおしやった。それから肉に汁をまぶして、エコーのくちばしをこじ開けてすべりこませ、のどの下を軽くなでて、飲みこませた。「まずは眠らせる。深く深く……死の一歩手前まで」

ピラはくちびるをなめた。「それから？　まじないをかけるの？」

「わたしじゃない。あんたがやるの。横になって」ヘカビは革袋をさしだした。「飲んで」

「えっ？」

「あんたにも眠ってもらう。それで、エコーの魂を追いかけて、連れもどすのよ」

*

ハヤブサは燃えるような熱さと痛みを感じていた。どこかぼんやりとした場所にいて、はるか遠くにぽつんとともる光のほかには、なにも見えなかった。光がさすほうへ行かなければと感じるものの、理由がわからない。それに、弱りきっていてたどりつけそうにもなかった。

やっとのことで翼を広げ、風に乗って舞いあがった。飛ぶというより、風に運んでもらっているだけだが、いまはそれがやっとだった。

はるか下に目をやると、雌ライオンが見えた。あとを追ってきているのか、ときどき上を見あげてハヤブサの姿をたしかめている。マツのあいだを縫い、岩を飛びこしながら、ひとときも足を休めずひた走っている。そんなに速く走るのを見るのは初めてだ。それでも、飛べない生き物の悲しさで、風にはとてもかなわない。しだいにおくれはじめた雌ライオンを見て、ハヤブサの胸は痛んだ。

巻きあがる風に乗って上昇するにつれ、光がどんどん近づいてきた。地上がまたたくまに遠くなる。そこをはなれたくはなかった。高くのぼりすぎると、きっと二度ともどってこられない。

また別のだれかが追ってきた。姿が見えたとたん、ハヤブサの胸は高鳴った。あの子だ。それも、空を飛んでいる。くちばしのないへんてこな顔は青ざめ、思いつめたような表情が浮かんでいる。紫や青の筋が入った長い黒髪は風になびき、日の光を受けてきらめいている。なんとかしてハヤブサを行かせまいとしているのがわかる。引きもどそうとする強い愛の力を感じる。

とはいえ、しょせんは人間だ。少女の羽ばたきはハトよりのろく、ヒナ鳥よりもぎこちなかった。あぶなっかしくぐらつき、風にあおられて墜落しそうになっている。少女が追いつけるように、こちらの速度をゆるめようとしてみたが、風がはなしてくれない。

少女が深くゆっくりとした人間の声で呼んでいる。くぐもってはいるが、声には熱い魂がこもっていて、必死に呼びもどそうとする思いが伝わってくる。だがやがて、雌ライオンと同じように少女もおくれはじめた。そんな、ひどい。ハヤブサは光のほうへ連れ去ろうとする風にあらがおうとした。あそこに行ったら、もうもどれない。二度と少女に会えなくなる。

渾身の力をこめて翼をかたむけ、脇へそれて風からおりようとした。うまくいかない。わずかな力をかき集めて、もう一度やってみる。もう一度……さらにもう一度。ぶざまにふらつきながら、やっとのことで風からおりた。

最後の力をふりしぼり、翼をたたんで、頭と足をちぢめると――ハヤブサは地上へ急降下した。

少女のもとへ。

*

ピラはズキズキする頭痛とともに目ざめ、寝たまま体を横に向けると、吐いた。

ごつごつしたイチジクの根の上にまたあおむけになり、目を細めて朝の木もれ日を見あげる。前夜の記憶が切れ切れによみがえり、がばっと起きあがった。「エコー！　あの子は――」

「無事よ」ヘカビが答えた。「あとは食べて休めばだいじょうぶ」

ハヤブサはピラの頭のそばの木の根に止まっていた。羽はきれいにつくろわれ、くちばしの泡もなくなり、大きな黒い目には輝きがもどっている。

ピラは弱々しく手をさしのべた。エコーが寄ってきて、ぴょんと肩に乗る。ピラの髪をひと筋くちばしにくわえ、羽づくろいをするようにやさしく引っぱった。

ピラの目がじんとした。沼地を出てから、エコーがそのしぐさを見せるのは初めてだ。ピラはウロコにおおわれたエコーの足を指でなでた。熱が引いてひんやりとしているし、あざやかな黄色にもどっている。

「よかった、元気になって」ピラはささやいた。

ばつが悪くなったのか、エコーはそっぽを向いた。そして翼を高くかかげ、首を上下に揺すると、小さなかたまりを吐きだした。

「ほら」ピラは嚙みくだかれて卵形にかたまったハトの羽根をヘカビにさしだした。「これ、呪いに使って」

ヘカビは無言のまま、それを受けとり、ヤギ革の袋に荷物をつめはじめた。夜のあいだに洗ったのか、髪は茶色にもどり、こめかみの横の白い筋もくっきりと見える。見なれた姿がよみがえったが、目だけはあいかわらず熱っぽい光を放っている。洞穴から供物台を運びだすと、ヘカビは呪いに使う三つの品をせっせとイチジクの葉につつみにかかった。

これからどうするのとたずねると、ヘカビは呪いの儀式の最初のところはすんだから、次はそれをカラス族に向かって放つのよと答えた。「だからいっしょに山の向こうへ行ってもらう」

「いっしょに?」

「まだライオンの毛をもらってないからね」

ピラはだまりこんだ。エコーが病気になって以来、ヘカビをさがしに来たわけを初めて思いだした。イシのことを忘れていたなんて知ったら、ヒュラスはどう思うだろう。

ふたりはヤギの通り道をたどり、峰の向こうへまわりこんだ。供物台をかかえたピラの肩にはエコーが止まり、ハボックも後ろをついて歩いた。ときおりヘカビは道をそれて薬草をつんだ。薪になりそうな枝も拾っては、しげしげとながめ、ほとんどは捨ててしまった。

ピラは不気味な三つの捧げ物のことを思いだした。テラモンの髪と、コロノスの杯のかけらと、ファラクスの包帯を。「呪いに使う捧げ物だけど」ヘカビのようすをうかがいながら、そうきいてみる。「どうやって手に入れたの」

ヘカビは返事をしない。

「もしかして……影の盗人の手を借りたの？」

やはり返事はない。

「ヘカビ、大事なことなの。その影の盗人って……沼の民は、あなたがまじないを使ってつくったものだと信じてるけど、ヒュラスは……自分の妹じゃないかと思ってるの」

「なぜ？」ヘカビはふりかえりもせず、うるさそうに言った。

「それは……ヒュラスの妹は盗みが得意で、カエルがお気に入りなんだけど、沼の民の話では、影の盗人が小さい粘土のカエルを残していくそうだから。さっきの洞穴にもあったし――」

「カエルの話なんかどうでもいい！　呪いのこと以外、気にしてる余裕なんてないの！」

「前はヒュラスのことも気にしてたじゃない、あの子こそお告げのよそ者だって。それに沼の民にもヒュラスのことを予言したでしょ。〝背びれ、羽、毛皮〟って」

だが、ヘカビはすでに先へ歩きだしていた。

昼すぎにデントラ山の東側に着いたところで、ヘカビは岩棚の上で足を止めた。すぐ下は目もくらむような絶壁で、目の前には三本の牙の形をしたリュカス山の赤黒い峰がそびえている。

「カラス族は、あのいちばん高い牙を〈先祖が峰〉って呼んでる」ヘカビがけわしい顔で言った。「ずっと昔、やつらはあそこにコロノス一族の墓を掘った。その墓に呪いをかけさえすれば、やつらの力を永遠にうばってやれるのよ」

ピラはヘカビをちらりと見た。「なんでそんなこと知ってるの、行ったことがあるの？」

ヘカビがにやっと笑う。「行かなくてもわかる」

「でも、どうやって？　影の盗人に聞いたから？　その子がヒュラスの妹なの？　名前はイシっていうの。リュカス山で育ったから、あの山のことはなにもかも知ってるはずよ！」

「いいかげんにして！　妹のことなんて知るもんか！　それに、たとえその影の盗人とやらを使っていたとしても、もう終わったこと。いまは呪いを完成させるときよ。さあ、ライオンの毛をよこしなさい」

「ヘカビ、お願い――」

「よこすのよ！」

ピラは歯を食いしばりながらエコーをサンザシの枝に止まらせた。ハボックは呼びよせるまでもなかった。自分が必要とされているのを感じとったのか、ピラにぴったり身を寄せ、毛皮をひとふさ切りとられるあいだも、じっとしていた。それから、平気よというようにピラのほおをざらざらの舌でなめ、木陰に寝そべってあくびをした。

ハボックの肩の傷には、緑色のどろどろしたものが塗られていた。すっとする薬草のにおいがしている。「あれ、あなたがしてくれたの？」ピラはヘカビにきいた。

「いいえ。さあ、その毛を！」

「なら、だれがやったの」

「知ったこっちゃない。ほら、よこしなさい！」

「影の盗人がしたんじゃ？」

「いいから、よこしなさいって！」

ピラは怒りをこらえながら、言われたとおりにした。

「だまって見てるのよ」と釘を刺された。「いいわね。ひとこともしゃべらないで」

まずはじめに、ヘカビは火をおこした。来る途中に拾い集めていたマスチックの枝は、かんたんに火がついた。じきにつんとする煙があがり、ピラの目にしみた。

しゃがみこんで前後に身を揺すりながら、ヘカビはピラがわたした小さな象牙のくしを火にくべた。つづいてエコーが吐いたかたまりとケフティウの金のかけらも。さらにハボックの毛もうやうやしくそこにくわえ、最後に呪いをかける三人から集めたものを投げ入れた。

煙が渦を巻いて立ちのぼる。呪いの火がパチパチとはぜた。

ハボックが前足のあいだに頭をうずめた。金色の瞳のなかで炎がおどっている。

ヘカビは足を組んですわり、てのひらを上に向けてひざに置くと、呪文をとなえはじめた。「とらえ、うずめ、葬りたまえ……呪われし者たちを、とわに闇へ閉じこめよ……口にせしパンは砂となり、肉は泥とならんことを……」

エコーが枝の上から見おろしている。と、遠くになにか見つけたように、さっと首をまわした。一瞬ののち、ムクドリの群れが鳴きさわぎながら空を横切った。あまりの大群に、雲におおわれたように日ざしがかげり、羽ばたきがピラの髪をそよがせた。呪いの火からあがる煙もその風にあおられ、〈先祖が峰〉のほうへただよいはじめた。

煙はどんどん峰へ近づいていく。「とらえ、うずめ、葬りたまえ……」ヘカビの呪文がひびく。

ピラの頭の皮がぞわりとした。ハボックはぱっと立ちあがり、ピラには見えないなにかを目で追うように首をまわした。呪いの火から〈先祖が峰〉へと飛んでいくなにかを。

突風がうなりをあげて吹きよせ、ムクドリの群れはちりぢりになった。ピラの顔に煙が吹きかかった。

ヘカビの呪文がやんだ。こぶしをにぎりしめ、すわったまま身をこわばらせている。

「うまくいったの？」ピラはささやいた。「呪いは〈先祖が峰〉にとどいた？」

ヘカビが荒々しく息を吸う。「それは神々のお決めになること。そのうちわかるわ」

無言で待つうち、ピラはこらえきれなくなった。「ヘカビ、たのむから教えて、ヒュラスのために。影の盗人はイシなの？」

「影の盗人？」ヘカビは心ここにあらずといったようすで眉をひそめた。「イシかどうかって？　あんたがここに来るまで、そんな名前、聞いたこともなかったわ！」

ピラは息をのんだ。「そんなの信じられない。あれを全部ひとりで集めるなんて無理だし、〈先祖が峰〉だって、行ったことがないならくわしく知ってるはずないじゃない！　イシが影の盗人なら、どこにいるのか教えて！」

ヘカビがぱっとふりむいた。「影の盗人は男なのよ、ピラ。少年なの！　イシなんて女の子には会ったこともないね！」

16

影の盗人

まじない女が呪いをかけるところを、イシはじっくり見物した。なにしろ、うまくいくように自分も手を貸したのだから。命がけで必要なものを盗みだしたし、洞穴を見張らせるために、小さな粘土のカエルも置いておいた。

岩陰から見ていると、まじない女はカラス族から盗んだものを呪いの火にくべた。テラモンの髪が炎にのみこまれたとき、イシは心のなかで歓声をあげた。思い知るがいい、裏切り者。テラモンにそう毒づきながら、ラピトスが焼け落ち、カラス族が逃げまどう姿を思いえがいた。燃えろ、燃えろ！行方も知れない兄の仇、スクラムの仇、それにおまえたちが殺したみんなの仇だ……。

まじない女とピラという少女は、山をおりようとしていた。イシの胃が興奮できゅっとした。もうすぐピラの前に出ていくつもりだ。話を盗み聞きしたところでは、ピラはヒュラスを知っているらしい。だから、自分に会ったらきっと喜ぶはず。「イシ！」とうれしそうに言うだろう。「ほんとにあなたがイシなのね。ヒュラスがどんなに喜ぶか！　ずっとさがしてたのよ。さあ、いますぐ会いに行きましょ！」

そうなってほしいと願いつつも、イシはいつものくせで、こっそりふたりのあとをつけていた。気をつけないと、ピラが信用できるかどうか、まだはっきりわからないんだから。これまで生きのびてこられたのは、人目をさけて、口もきかず、だれのことも信用しなかったからだ。自分の正体をけっして明かさずに。

マツの木々のあいだをしのび足で歩きながら、イシは自分もあとをつけられていることに気づかずにいた。と、いきなり強烈な力で両足をすくわれ、シダのしげみにドスンと尻もちをついた。しばらくのあいだ、息をはずませながらじっとしていた。やがて、にっこり笑った。

ハボックがからかうようなうなり声をあげながら、毛むくじゃらの鼻づらをイシの脇腹におしつけて、くすぐりはじめた。イシはキャッキャッと笑いながら両手でハボックの胸をおしのけ、下から這いだして首にかじりついた。ほおとほおをこすりあわせると、ハボックはゴロゴロとのどを鳴らした。新しい友だちに会えて、うれしそうだ。

ハボックの肩の傷がよくなっているのを見て、イシもうれしかった。もうねり薬もいらないみたいだ。ハヤブサのことも心配しなくてよくなったらしく、遊びたくてたまらなそうにしている。ヒュラスに教わったことを思いだし、イシはやわらかい枝をいくつか折って、それで手早く球をこしらえ、ハボックにほうった。

ハボックは大喜びした。遊びかたは知っていたようで、すぐに前足のあいだで転がしはじめた。イシはそれを遠くに投げ、ハボックと競争で追いかけた。勝ったのはハボックで、そのあとさんざん取っくみあって遊んでから、いっしょに倒れこみ、息がしずまるのを待ちながら、いい気分で寝転がっていた。ばかでかい前足で胸にのしかかられ、イシは笑い声をあげてそれをおしのけた。そんな自分の声を聞いてふしぎな気がした。そういえば、カラス族に襲われてからというもの、一度も笑ったことなんてなかった。

おしよせてくる記憶をしめだそうと、イシはハボックの毛皮に顔をうずめ、むっとするライオンのにおいを吸いこんだ。でも、むだだった。寄りそっているのがライオンではなく、スクラムのような気がしてくる……。

カラス族が襲ってきたのはひどく暑い日で、リュカス山の上にはもくもくとした雲が浮かんでいた。「嵐が来る」と西の峰にある洞穴で野営のしたくをしながら、ヒュラスが言った。「川で体を冷やしてくる。リスを黒こげにするんじゃないぞ」

イシは顔をしかめた。「あたしがそんなことしたことある？」

「おとつい」

「してないもん！」

ヒュラスは軽く手をふると、小川につづく小道をくだっていった。「黒こげじゃなかったでしょ！」イシがそう叫んでも、憎たらしい顔でにやっと笑っただけだった。

ブツブツ文句を言いながら、イシは食料になりそうな草を集めに行こうとした。「ウォン！」スクラムのただならぬ声を聞いて、イシは足を止めた。次の瞬間、けたたましい鳴き声がつづいた。

イシはナイフをぬいて、野営地にかけもどった。男たちの声が聞こえたとたん、しげみに飛びこんだ。奇妙な苦い灰のにおいがした。

スクラムの鳴き声がぱたりとやんだ。そのあと、キャンと悲鳴があがり、あたりは静まりかえった。イシはじりじりと身を乗りだした。そして目を疑った。

ヤギが四頭、のどを切られて横たわり、武器を山ほど持った七人の男たちが野営地を荒らしまわっていた。黒い生皮の鎧に、黒く長いマント。顔にも灰が塗りたくられ、とても生身の人間には見えなかった。そのとき、スクラムが目に入った。耳がワンワン鳴りだした。太くてがっしりした足。脇腹につき刺さった矢。

頭にパニックがおしよせた。ヒュラス。小川にいるから、なにも知らないはず。「お兄ちゃん！」イシは叫んだ。「戦士たちよ、逃げて！」

戦士たちが向かってくるのを見て、イシはしげみの奥へもぐりこんだ。相手は体が大きく、通りぬけられない。イシは必死にしげみを這いだし、岩のあいだをすりぬけて、洞穴の奥へ逃げこんだ。一度荒らしまわったあとだから、ここはもうさがさないはず……。

そのとき、ヒュラスが見えた。野営地の反対側にあるネズのしげみにかくれていた。イシの視線に気づいたのか、一瞬、目と目が合った。その瞬間はいまも目に焼きついている。ヒュラスの言いたいことはすぐにわかった。動くな、そこにかくれてろ。それから兄は心を決めたように、目立つ場所に飛びだして、カラス族に向かって叫んだ。「こっちだ！」

灰色の顔が七つ、そちらに向けられた。弓に矢をつがえ、剣や槍をふりあげて、戦士たちがいっせいにかけだしていくのを、イシはぞっとしながら見ていた。

最後に見たのは、ヒュラスが坂をかけおり、そのあとをカラス族が追う姿だった。長くて黒いマントが翼のようにはためいていて……。

眠りこんだハボックがなにやらうなり、ごろりと寝返りを打ってへそを天に向けた。イシは毛むくじゃらの脇腹にいっそう強く顔をおしつけた。

兄とはけんかしてばかりで、憎らしく思うこともあったけれど、いつも自分を守ってくれているのはわかっていた。もしも迷子になったら、その場を動かずに待ってろとよく聞かされていた。ぼくがさがしに行ってやるから、と。たしかに、いつも来てくれた。

あのときまでは。

襲われた直後のことは、あまりおぼえていなかった。さんざん待ってから、山頂にある岩に伝言を残しに行ったとき、遠くに海と広々とした緑の沼地が見えた。

あそこにはカエルがいるかも、とそのときぼんやり考えた。それに、犬はいなさそうだった。スクラムがあんな目にあったせいで、犬を見るのはたえられなかった。

山をおりる途中、恐ろしいものを何度も見た。カラス族がよそ者狩りをしているところを。自分たちが襲われたのもそのせいだ。沼地にたどりつくと、体じゅうに泥を塗りたくり、茶色い魚の皮を盗んで頭に巻きつけ、金色の髪をかくした。それでよそ者のイシから沼の民の少年に変身した。

沼の民は食べ物や寝場所をあたえてくれたが、イシは心を許しはしなかった。カラス族に襲われてからずっと、だれとも口をきかず、いまでは話しかたも忘れてしまった。うまく声が出ないのだ。でも、気にしなかった。そのほうが都合がいい。

安心できるのは、ひとりきりでカエルの鳴き声を聞いているときか、緑の水のなかを泳ぎまわる魚をながめているときくらいだった。信じていたのはひとつだけ、ヒュラスが無事で、いまも自分をさがしていることだった。二度の冬のあいだも、太陽が雲におおわれたあの恐ろしい日々のあいだも、ずっと心に言い聞かせていた。お兄ちゃんはもどってくる。あたしを見つけてくれる。それまで生きのびて、カラス族と戦わないと。

だから戦ってきた。やがて、沼地にまじない女がやってきた。命がけでカラス族を倒そうとしていて、そこが気に入った。だから、正体こそ明かさなかったものの、まじない女が沼地を去るときについていき、呪いに必要なものを盗む手伝いをした。けれど、いつまでたっても呪いが成功しないので、沼地にもどることにした。

そして数日前、すべてが変わった。沼地のはずれで、ほおに傷あとのある見なれない少女に会ったのだ。手首にハヤブサを止まらせ、雌ライオンをしたがえた少女に。

野の生き物にはなれっこだったが、それでも、その雌ライオンとすぐに友だちになれたのには驚いた。きっと通じあうものがあったからだ。雌ライオンはさびしそうで、その気持ちがイシにはよくわかった。

翌日、イシがアシ原にかくれていると、少女が雌ライオンのそばにひざまずいて、悲しげに話しかけた。「わかるわ、ハボック。わたしもヒュラスに会いたい」

イシははっとした。兄の名前を聞くのは、二度前の夏以来だった。痛いほどのうれしさで、胸がはち切れそうだった。お兄ちゃんは生きていて、この子はお兄ちゃんを知っている……。

飛びだしていって、少女のそばにかけよりたかった——どこ、お兄ちゃんはどこにいるの？　けれど、長いあいだかくれつづけてきたせいで、勇気が出なかった。おまけに、ヒュラスは少し前に沼地を発ってしまったとわかった。イシは打ちひしがれた。もう少しで会えるところだったのに。

でも、これだけ長いあいだ待ってきたのだから、ここであきらめるわけにはいかない。この子についていこうとイシは決めた。このピラという子についていけば、きっとヒュラスに会えるはず。

ハボックがまた寝返りを打って、重たい前足をイシの上にのせた。熱く荒々しい寝息を顔に感じながら、イシは丸くてかたい肉球をなでた。ハボックのことはヒュラスと同じように信用できる。でも、ピラはどうだろう。ここまで生きのびられたのは、だれも信じずにきたからだ。

カラス族に襲われたすぐあと、イシはテラモンをさがしに行った。友だちだから、どうすればいいか教えてくれるはずだと思った。

テラモンがイシに気づく前に、イシがテラモンに気づいたのはほんの偶然だった。足の痛みと空腹と恐怖をこらえながらヤギの通り道を歩いていると、つんとする灰のにおいが風に運ばれてきて、とっさにイバラのしげみに飛びこんだ。

　足音が近づいてきたときの皮のきしむ音は、いまも忘れられない。やがて、恐ろしげな黒い鎧をまとい、武器を持った戦士たちがあらわれた。隊長は闇の怪物だった。その鎧は生皮ではなく、銅みたいに光る金属でできていた。いや、銅よりも色が濃く、ギラギラと輝いていた――青銅。そう、あれは青銅だ。

　イシの目の前までやってきたとき、隊長が戦士たちを止めた。顔は見えなかった。鼻の上まである青銅の首当てと兜のあいだに細いすきまがあって、そこがのぞき穴になっていた。兜にはイノシシの牙のかけらが張りつけられ、てっぺんには黒い馬毛の飾りもついていた。人間らしく見えるのは、戦士流にいくつかの束に分けてヘビのように編みあげられた髪の毛だけだった。

「山という山をくまなくさがせ」隊長が言った。感情のこもらないその声を聞いて、イシの頭に、日の光の当たらない、冷たい場所が浮かんだ。「よそ者はひとり残らず始末しろ」それから、隊長はふりかえってだれかに声をかけた。「おまえをあてにしていいな。どうだ?」

「……はい、おじさん」返事が聞こえた。そして、テラモンが――あのテラモンが――前に進みでたのだ。

　イシは吐きそうになった。テラモンがやつらの一味だったなんて。カラス族だったなんて……。

　ハボックがふわあと大あくびをして立ちあがり、イシのおなかに鼻づらをこすりつけた。イシはその大きな鼻をおしのけた。体の奥からふるえがこみあげる。よみがえった記憶のせいで、口のなかに苦みを感じた。

　ハボックが鼻をひくつかせ、親しみのこもった目でイシを見てから、木々のあいだへ消えていった。

きっと、ピラのところへ行くのだ。

イシは水袋と斧をのろのろと持ちあげ、ナイフと火打ち石と投石器があるのもたしかめた。そうして、ハボックが消えたほうへ歩きだした。

二度前の夏にテラモンの姿を見たあのとき、イシは生きぬくすべを学んだ。人はうそをつく。信用しちゃいけない。

ヒュラスのところへたどりつけるかもしれないから、ピラを追うことにしよう。でも、姿を見せるのはまだ早い。

＊

ピラとまじない女は、小川のほとりに野営していた。あたりには岩を打つ水音がひびいている。まじない女は火をおこし、ピラはハヤブサに肉のかけらをやっているところだった。イシはそっとしのびよった。水音にじゃまされながら、ふたりの話に耳をすます。

「……そう思ってるなら」とまじない女がぶっきらぼうに言った。「なんではなれたりしたの」

胸の鼓動が速くなった。ヒュラスのことを話しているのだろうか。

「わたしがそうしたわけじゃないわ。ヒュラスがはなれようって言いだして……」ピラが向こうを向いたので、声が水音にかき消された。「……それだけじゃなくて」また声が聞こえだす。「タラクレアから脱出したあと、ヒュラスはまぼろしが見えるようになっちゃったの」

まじない女は火をおこす手を止め、するどく言った。「まぼろしって、どんな？」

「幽霊とか、精霊とか。このあいだの春、ケフティウに行ったときに初めて見て、エジプトでそれがひどくなって、いまでは神さままで見えるみたい」ピラは顔をしかめた。「ヒュラスは、自分がそばにいると危険だと思ってるみたいなの。だから、わたしとハボックとエコーを守るために、わざと遠くへやったんだと思う」

「あんたたちは、つれあいなの?」まじない女がきいた。

ピラが顔を赤くする。「関係ないでしょ!」

まじない女はフンと笑った。「でも、そうなりたいんでしょ」

ピラの顔がますます赤くなる。「もちろんそうよ。ヒュラスだって同じだと思う……いえ、思うだけじゃなくって、わかってるの。エジプトでは、命を投げだしてわたしを守ってくれたし。でも、なにも言ってくれないのよ! おまけに、こうしてはなればなれになっちゃって、もしかしたら二度と会えないかもしれない!」

イシの頭のなかでガーンと音がした。この子はヒュラスとずっといっしょにいた。ケフティウでも、タラクレアでも。それにエジプトでは、命を投げだして守ってもらった……。

いまのいままで、イシは心の底から孤独を感じたことがなかった。いつだって心のなかでは兄といっしょだと思っていたし、いつかはまためぐりあえると信じていた。そうすれば昔と同じように、ふたりで世界に立ちむかえるはずだと。あまりにもあっけなく、その望みは打ちくだかれた。たとえヒュラスと会えたとしても、このピラがきっとじゃまになる。ふたりのあいだに割りこんでくる。昔と同じではいられない。

「ハボック!」ピラが声をあげた。「ハボック、どこなの?」

ハボックがイシをおしのけるように通りすぎ、野営地へかけよった。イシはその姿をぼんやりながめた。胸の痛みで息がつまる。わたしとハボックとエコー、とさっきピラは言った。ヒュラスにはもう新しい家族がいる。自分が入りこめるすきまなんてない。
ハボックが足を止めて、ちらっとふりかえった——いっしょに来ないの？
イシはのろのろと首をふり、後ずさった。そしてくるりと後ろを向くと、かけだした。

17

秘密のぬけ道

前回、秘密のぬけ道を歩いたとき、ヒュラスはイシといっしょだった。季節は冬で、ふたりは、つららの剣で戦いごっこをしていた。ヒュラスがわざと負けてやると、イシは怒りだした。

「手かげんしてるでしょ！　真剣にやらなきゃ、ちゃんとした勝負にならないじゃない！」イシは目鼻立ちのするどい小さな顔をぎゅっとしかめて、足を踏み鳴らした。でも、そこへスクラムが尻尾をふって飛びこんできた。イシはじろりとこっちをにらんでから、スクラムと遊びはじめたっけ……。

道がカーブにさしかかったところで、ヒュラスは足を止めて反乱軍の隊列を待った。ようやくリュカス山に帰ってきた。秘密のぬけ道は山ひだや涸れ谷を縫いながら、北側の山腹をまわりこむようにつづいている。はるか頭上の雲のなかにそびえる、三本の牙のような峰々。どの岩にもどの木にも思い出がしみついている。ヒュラスは足を速めた。みんな、なぜもっと速く歩けないのだろう。

秘密のぬけ道を通ってアカストスの軍勢を案内しはじめてから、すでに一昼夜がすぎていた。一刻も早く山の東側に出て、リュコニアの反乱軍の野営地に着かないと。デントラに向かった斥候はピラとヘカビを見つけただろうか。もしかすると、ふたりはもう野営地に着いているかもしれない。そして、イシもそこに……。

「おい、ぼうず」後ろからエキオンに呼びとめられた。「道がまちがってるじゃないか。さっき、南へつづく分かれ道があったろ。あっちのほうが近道のはずだ！」

「千キュービット下の谷底に落ちたければ、あっちへどうぞ」ヒュラスはふりむきもせずに答えた。

エキオンがフンとうなった。「たしかだろうな！」

「ええ、たしかです。ついでに、もうちょっと行くとまた南への分かれ道があるけど、そっちへも行きませんよ。真っすぐラピトスにつづいてるので」

ふたりのやりとりを耳にした男たちがクックと笑い、エキオンはひげと同じくらい顔を真っ赤にした。

ヒュラスが道案内をするとアカストスが告げたとき、一同からは抗議の声があがった。十五にもなっていない若造が、大の男たちを率いるだって？　だれもがあきれたように笑い、なかにはヒュラスをからかう者もいた。おまえのライオンはどうした、鳥に姿を変えられるっていう恋人は？　だれよりも反対したのがエキオンだった。「戦いを見たこともないってのに、こんな小僧にしたがえと？」そう言ってせせら笑った。

「つべこべ言うな。これは命令だ」アカストスは平然と告げた。

それを聞いて、エキオンはようやく引きさがったが、それからずっと、ヒュラスが失敗をしでかすのを待ちかまえていた。

午後も半分すぎたころ、小道をのぼりつめて山すそへくだりはじめたところで、アカストスが一行を止めた。

ヒュラスは食ってかかった。「着いてから休めばいいでしょ」

「食事が先だ。腹がへっては戦はできぬと言うからな」

「でも、間に合わなかったら、あとの祭りだ」

「ヒュラス。おまえが道を知ってるように、おれは人の扱いかたを知ってる。いいからだまって食え」アカストスはそう言うと、敵軍の偵察に出ていた斥候たちの話を聞きに行った。くたびれきったわずかな数の軍勢は、マツ林のなかに腰をおろした。女が近づいてきて、オリーブの実とドングリのケーキをさしだしたが、ヒュラスは手をふって断り、ジンクスをさがしに出かけた。

ジンクスはロバたちといっしょに隊列の最後尾にいた。家畜はできるだけアカストスからはなれた場所にまとめられている。アカストスに近いと、〈怒れる者たち〉の気配を感じとっておびえだすからだ。

ジンクスはヒュラスに気づいて、うれしそうにいなないた。家畜の群れにくわわったせいで、ずいぶん落ち着いて扱いやすくなり、背負わされた荷物もいやがらなくなっている。

「なんで休まなきゃならないんだ」ヒュラスはジンクスの骨張った鼻筋をなでながらつぶやいた。このまま馬の背によじのぼってかけだし、ピラとイシをさがしに行ってしまおうか。ふとそう思った。

ジンクスがいななきながら、鼻をひくつかせた。すぐそばの崖の上に、なにかの気配を感じたらしい。

そちらに顔を向けると、灰色をした人影のようなものが見おろしていた。ヒュラスはとっさにウジャトのお守りをつかんだ。「だいじょうぶだ、ジンクス。悪さはしないはずだから」そう言ったものの、自信はなかった。

小道を歩きだしてから、もう何度も幽霊を見かけた。戦いの犠牲になり、とむらいの儀式も受けられず、埋葬もされずにいる者たちの霊だろう。そのことはだれにも話していなかった。大騒ぎになるに決まっている。さびしさがつのった。ピラさえここにいてくれたら。とはいえ、もしいたとしても、すべてを話すわけにはいかない。これまでのように、幽霊の影が目の端にぼんやりと映るだけではすまなくなってきたからだ。いまではアカストスやペリファスを見るのと同じように、はっきりと見えるようになっている。

それに、もっと恐れていることもある。妹の幽霊を見てしまうことだ。もしそれを見てしまったら、二度前の夏からすがりつづけてきた希望が、あっけなく打ちくだかれてしまう。

*

いくらも進まないうちに、列の後ろで騒ぎが起きた。「今度はなんだよ」ヒュラスはつぶやいた。なにかがロバたちをおびえさせたらしい。おまけにジンクスは、少年がにぎっていた手綱をふりきって、アザミのしげみのなかに逃げこんでいた。

ヒュラスがかけつけたときには、ロバたちは落ち着きかけていたが、ジンクスのほうは後ずさりながら、まわりを取りかこんだ男たちを威嚇していた。いっこうに出てきそうにない。

「通してください。みんな、さがって！」

ジンクスはおびえきっていた。栗色の毛は汗で黒ずみ、全身をふるわせている。幽霊のせいじゃない。手綱をにぎり、こわばった首をなでてやりながら、ヒュラスは思った。

「なにかをこわがってるみたいだ」ジンクスの手綱を引いていた少年が言った。ふるえる指で崖の上にならんだマツの木をさししめす。「目には見えないけど、なにかの気配がするんだ！」ジンクスと同じように、少年も恐怖で冷や汗をかいている。まわりのだれもがそうだ。

ヒュラスはてのひらを目の上にかざした。そのとたん、はっとした。そんな、まさか。真っ昼間だというのに、崖の上には、黒々とした巨大なハゲワシのようなものがむらがっている。〈怒れる者たち〉だ。

こめかみが痛み、心臓が早鐘を打ちだす。ヘビのような長い首、カオスの炎のように真っ赤に燃える目……。

ジンクスがいななき、手綱を引っぱった。ヒュラスはやさしく声をかけながら、かけだしたくなる衝動と闘った。どこでもいい、やみくもに逃げだしてしまいたい。

そのとき、シュッとしなやかな音を立てて巨大な翼が広げられた。空気と闇の精霊たちは舞いあがり、雲のなかに消えた。のしかかるような恐怖もうすれていく。まわりの人々もつめていた息を吐きだした。

「なんだったんだ、いったい」しばらくして、ヒュラスが列の先頭にもどると、アカストスが言った。

「家畜がなにかにおびえたみたいで」

「そんなことはわかってる。でも、なににだ?」アカストスはちらりと後ろをふりかえってから、ヒュラスのほうに身を乗りだし、声をひそめた。「幽霊のようじゃなかったが」

「この山には、たしかに幽霊もいます。何度か見ました」

淡い色の目にするどく見すえられた。「だが、幽霊ぐらいじゃ、家畜はおびえんし、大の大人がふるえあがったりもしない」

「でも、そんな。〈怒れる者たち〉は夜しかあらわれないはずなのに。闇のなかにしか!」

「やつら、だんだん力を増している」アカストスがけわしい顔になる。「しばらく前からそう感じるんだ。いままでは、やつらが闇を運んでくるようになっている。そんな気がする」

「でも、なぜ？」

「わかるはずがないだろう。ひょっとすると、カラス族の生け贄のせいかもしれん」

「なら、早く野営地に着いて、ヘカビにまじないをかけてもらわないと！」

「効き目があればいいがな」
＊

「どういうことだよ、さがすのをあきらめたって」ヒュラスは怒鳴った。「そのためにデントラまで行ったんだろ、イシを見つけに！」

「言ったでしょ」ピラが言いかえした。「あそこにはいなかった。かんちがいだったのよ、ヒュラス。影の盗人は男の子なの！」

「会ってもないのに、なんでわかるんだよ」

「ヘカビがそう言ったの。うそをつく理由もないでしょ！」

ピラの言うとおりだが、ヒュラスはみとめたくなかった。みとめてしまうと、二度前の夏以来、イシの消息はひとつもないことになる。死んだとあきらめるしかなくなる。

ヒュラスたちがリュコニアの反乱軍の野営地に到着したのは、日も暮れたころだった。そこはリュカス山のふもと近くにある高台の上で、眼下にはリュコニアの平原が広がっていた。オリーブとギョリュウの木がしげる丘には、大小の天幕や寝小屋が立ちならんでいた。一行は、疲れはてて意気消沈していた数百の反乱軍に心からの歓迎を受けた。たき火をかこんで食料や情報を交換しあうと、ようやく人心地がついた。いまはもう、人目をさけてこっそり火をたく必要はない。敵軍の野営地のかがり火も、平原の向こうにはっきりと見えている。

アカストスとペリファスが反乱軍の頭領たちのところへ協議しに行ったあと、ヒュラスは野営地のはずれの小さな天幕の外にたかれた火のそばでピラを見つけたのだった。ピラはデントラへむかえに来た斥候たちに案内され、ヘカビといっしょにひと足早く着いたという。エコーは近くの木に止まっていたが、ハボックの姿は見あたらなかった。ヘカビは魔除けのまじないに使う薬草をつみに出たところだった。〈怒れる者たち〉の力は強さを増していて、これまでのようにはまじないが効かない恐れもあるらしい。

ヒュラスが見つけたとき、ピラは砥石でナイフをといでいるところだった。いまもまた腰をおろし、作業のつづきに取りかかった。「できるだけのことはしたわ。でも、どこにも見つからなかったの」

たき火の炎に照らされたピラの顔が疲れきっているのに、ヒュラスは気づいた。目の下には黒いくまができている。「ごめん。怒鳴ったりして悪かったよ」

ピラはためつすがめつナイフをながめてから、チュニックで刃をぬぐい、さやにおさめた。「ほんと、そうよ」

ヒュラスはピラのとなりにすわり、ひざをかかえた。「ハボックは？」

「山のなか。ここは人間も犬もいっぱいで、気に入らないみたい」ピラが言葉を切る。「ハボックのこともさがしに行ってほしい？」

「ピラ、ごめんって言ったろ。ぼくはただ……」ヒュラスは顔をしかめて口ごもった。これまでどんな思いだったか、どうしたらわかってもらえるだろう。いままでずっと、かすかな望みにすがりつづけてきた。ようやくイシに会える、うしろめたさも心配も消えると思ったのに、やっとのことで野営地にたどりついてみると、すべてがむだだったと知らされるなんて。

ヒュラスはピラの波打つ黒髪と、けわしい表情の浮かんだ青白い顔を見おろした。ピラには妹がいない。この気持ちはわかってもらえないだろう。

＊

なにもかもすっかり変わっちゃった。おき火の山がくずれ、夜空に火の粉が舞いあがるのを見ながら、ピラは思った。

山奥で何日もすごしていたので、反乱軍の野営地に着いたときはひどく驚いた。においにも、汚さにも、騒々しさにも。ロバにヒツジ、残飯をあさる犬。あたりを走りまわる伝令役の子どもたち。煮炊きやけが人の介抱をし、鎧をつくろい、矢をこしらえる女たち。戦じたくをする男たちや少年たち。だれもがメッセニア人かリュコニア人で、野蛮そうに見えた。おまけに、アカストスが――あのアカストスが――ミケーネの大族長だと聞かされた。ケフティウ人は自分だけで、そのせいで心細く、居心地が悪かった。

ヒュラスまでが、いつもより荒っぽく乱暴そうに見えた。真っすぐな鼻筋はリュコニア人そのものだ。ピラに気づいたとき、ヒュラスの黄褐色の目には希望の光がともった。その光も、イシが見つからなかったと告げるとたちまち消えてしまった。その瞬間が頭をよぎり、ピラの胸は痛んだ。

「なにか食べたか」ヒュラスがきいた。

「ええ」うそだった。「あなたは？」

「うん」

ふたりは目と目を見交わし、すぐにそらした。そして同時に立ちあがり、高台にちらばるたき火と、疲れはて、うす汚れた人々を見やった。背後にはリュカス山が星空をさえぎるようにそびえている。ピラは北側の山すそに点々とともる赤い火に気づいた。そこがラピトスというカラス族の要砦だとヘカビから聞かされている。東に広がる平原の暗闇のなかにも、無数の赤いかがり火がちらついている。

「あれがファラクスの野営地だ」ヒュラスが静かに言った。

ピラはたじろいだ。「あんなにたくさん？」

「じきにもっと増える。斥候の話だと、テラモンの軍勢が街道を通って、南からせまってきてるそうだ」

「そしたら、南と東の両方から攻められちゃうじゃない」

暗がりのなかでヒュラスがうなずくのが見えた。「ぼくたちはこの高台の下でむかえ討つことになるって、アカストスは言ってた。野営地のすぐ下で」ヒュラスはそこで言葉を切った。「もしも負けそうになったら、女と子どもは山に逃げるんだ。カラス族は明日の夕方にはここまでおしよせるらしい。そしたら、戦闘開始だ」

「ぼくたちは、って？」ピラはするどくききかえした。「まさか、自分も戦うつもりじゃないでしょうね」

ヒュラスが見おろす。「もちろん、戦う」

「でも……ヒュラス……カラス族は短剣を持ってるのよ。だから、勝てるわけがないわ！」

「うん……でも、うわさが本当で、ファラクスが短剣を持ってるとしたら、なんとかしてうばえるかもしれない――」

「無理よ！」ピラは怒鳴った。「ヒュラス、ファラクスは大人だし、戦いにもなれてる。カラス族のなかでも最強の戦士なのよ！」

ピリピリとした沈黙が流れた。「だったら、逃げろっていうのか」ヒュラスが声をとがらせる。「父さんみたいに、卑怯者になれっていうのか」

「ちがうわよ！　そうじゃなくて、もし……もしも、やつらを倒すチャンスが来るとしたら、それは戦場でじゃないと思う」

「じゃあ、いつ来るんだ？」

「わからないわ！　でも――」

「〝よそ者が剣をふるうとき、コロノス一族はほろびるだろう〟――戦いにくわわらずに、どうやって剣をふるえるっていうんだ、ピラ」

「でも、なにかほかの方法があるはずよ！　お告げは、戦場に出ろっていう意味じゃないわ。あなたは戦士じゃないんだから。鎧を着たことだってないじゃない！」

「農民たちだって鎌しか持ったことがないだろ」ピラの激した言葉にヒュラスが切りかえす。「漁師たちだって、銛しか持ってない！　ピラ、ちゃんとした戦いかたなんて、だれも知らないんだ。アカストスとペリファスと、ほんのひとにぎりの戦士たち以外は。でも、やるしかないだろ！」

「なら、わたしは？　わたしはどうすればいいわけ。このまま野営地でおとなしく待ちながら、祈ってろとでもいうの？　ばらばらになったあなたの体が楯に乗せられてもどってきたりしませんようにって。そんなのぜったいにいやよ、ヒュラス。カラス族に立ちむかう方法はほかにあるはず。それを見つけてみせるわ！」

18

決戦前夜

「ヒュラスったら、女は戦いのじゃまだから、はなれてろって言うの」ピラはヘカビの前を行ったり来たりしながら毒づいた。「カラス族が勝ったら、ここだって安全なわけじゃないのに！」

「でも、あんたが心配なのは、ヒュラスのことなんでしょ」ヘカビがおだやかに答えた。

「だって、自分から死にに行くようなものでしょ！　それに、なんとかファラクスから短剣をうばえたとしても、戦場の真っただなかにいたら、こわすこともできないじゃない。ほんと、ばかみたい。〈野の生き物の母〉にお祈りしたってむだよ。都合よくあらわれて、願いを聞きとどけてくれるはずないわ！」

ヘカビがたき火の上で湯気をあげる鍋をのぞきこんだ。ピラは足を止めなかった。ヒュラスの言葉のせいで、自分がひどく無力に思え、不安がつのった。「なにか気づいていないことがあるはず。こんなやりかたじゃだめなのに、なんでヒュラスはわからないの？」

ヘカビはふたつの木の椀にどろどろしたものをすくって入れ、地面に置いた。

「なに、それ。なにかのおまじない？」

「大麦のお粥よ。食べて」ヘカビがヤギ革の袋から獣の角でできたさじをふたつ取りだし、両方の椀につっこんだ。

いらだったピラは、手をふって断りかけたが、ひどく空腹なことに気づいて、椀をひっつかんだ。がつがつと粥をほおばりながら、静かに食べているヘカビにちらりと目を向ける。「ヒュラスは死ぬことになるって言ってたでしょ」口をいっぱいにしたままそうきいた。

「そうじゃない。あの子には使命があるから、命だって自分だけのものじゃないって言ったの」

「お告げのことね」

「それに、まぼろしも。なにか意味があるはず」

ピラは食べるのをやめ、ヘカビの話のつづきを待った。

「前にヒュラスから聞かされたと言ったね。タラクレアで〈火の女神〉に会って、自分の命と引きかえに、ほかの人たちを助けてくださいとお願いしたって。そうしたら、燃えるような指でこめかみにふれられて、〝それはもうわたしのものだ〟と言われたそうだね」

ピラは椀を下に置いた。「そのことはわたしも気になってたの。その言葉どおり、ヒュラスは天に召されるってこと？　やっぱり……やっぱり死ぬと思ってるの？」

「かもしれないね」

目の前に黒い斑点がちらつきだす。「ほんとに助かる望みはないの？」

「あの子が？　さあね。ほかのみんなだってどうなることか」ヘカビも椀を地面に置き、両手を広げた。「もっとも、アカストスが旗頭になったから、少しは望みも出てきたかもしれないね」

ピラは遠くで男たちにかこまれて立っているアカストスを見やった。ひとりの男の話に真剣に耳をかたむけ、ふたり目にはうなずいてみせ、三人目には短く言葉をかけてから、別の場所へと歩きだした。残された者たちは見るからに落ち着き、自信を取りもどしたようだ。アカストスに力づけられたのだろう。

「大族長だと知っても、そう驚かなかった」ヘカビがアカストスを目で追いながら言った。「偉大な指導者は、まわりの者たちに自信をあたえる。アカストスにはその力がある。あきらめるのは早いかもしれないね」

「でも、ヒュラスはどうなるのよ！」ピラはこらえきれずに叫んだ。「戦場に飛びこんで、命を捨てるのが使命だなんて、そんなのひどいわ！」

「あの子の使命がなにかはわからない。それをごぞんじなのは神々だけ」

「でも、まじない女なんだから、わかるはずでしょ！」

ヘカビは粥の残りをこそげとり、さじをなめた。「あんたがライオンのたてがみのアカイア人とけんかしてるあいだに、たき火で戦いの勝敗を占ってみたの」

「それで？」

「青銅の斧の刃を真っ赤になるまで熱してから、小さな石を――水晶と碧玉を――ひとにぎりそこに落として、どう動くかを見てみたんだけどね」

「で、どっちが勝つの」ピラはいらだってきいた。

「答えは返ってこなかった。でも石のひとつが――水晶が――刃に当たらずに火のなかに落ちたの」

ピラは息をのんだ。思っていた以上に悪い。「それがヒュラスだっていうの。ヒュラスが逃げだすってこと？」

「わからない。はっきりしてるのは、あんたがしてやれることはないってこと。本人が正しいと思うことをさせるしかないの」

ピラは歯を食いしばった。「でも、すべてが終わるまでここで待つのなんてごめんよ。カラス族に立ちむかう方法がほかにもあるはず！」

ヘカビは返事をしなかった。ひざの上で両手をにぎりしめ、リュカス山のほうへ顔を向けている。平静そうに見えるが、目には激しさがたたえられている。

ヘカビの視線をたどると、山すそに赤くちらつくかがり火が目に入った。ラピトスだ。カラス族に代々伝わる要砦。豊かな土地を求めて北のミケーネに攻め入る前の、遠い昔から守られてきた一族のかなめの地……。

その瞬間、ある考えがひらめき、ピラははっとした。突拍子もない思いつきだけれど……。「ふと思ったんだけど。もしかして……もしかして、同じことを考えてる？」

ヘカビがふりかえった。こめかみの横の白い髪の筋がたき火に照らしだされ、瞳もらんらんと輝いている。「言ってみて」

ピラはくちびるをなめた。「反乱軍の話だと、カラス族は農民のたくわえの半分をうばって、それをラピトスの貯蔵庫にためこんでるって。亜麻布も、羊毛も……大量のオリーブ油の瓶も」

ヘカビがくちびるをゆがめた。それがせいいっぱいの笑みらしい。「そりゃ用心しないとね」低い声でそう言う。「だれかが火でもつけるかもしれない。〝コロノス一族はほろびるだろう〟――お告げはそのことかもしれないね……」

ピラは木の枝でおき火をつついた。火の粉がシューッと舞いあがる。明日、反乱軍が負けたら、きっとヒュラスも命を落とす。そんなこと、考えただけでたえられない。なにがなんでも復讐してやる。

「こういうのはどう？　カラス族が戦いに勝って、ラピトスにもどってみたら、そこには――」

ヘカビがククッと笑った。「――そこには、煙をあげる焼け跡しか残ってなかったら?」

*

決戦の前夜、だれもが準備にいそしんでいた。楯に絵を描く者、鎧をつくろう者、武器をみがきあげる者。そうやって、翌日のことを考えまいとしているのだ。

射手はひげを短く切り、髪もじゃまにならないよう、後ろでくくっている。投石器使いは丸くなめらかな小石を選んで、小袋につめこんでいる。だれもが体を洗い清め、肌に油を塗りこみ、髪をとかしてきちんと編んでいる。命を落として神々に召されたときのための身づくろいだ。

ヒュラスも戦じたくをするようにとアカストスに言われ、女たちから身につけるものを受けとった。綿のつまった亜麻布のチュニックに、じょうぶなブタ革のキルト、鎖かたびら、ばかみたいに重たい牛革の楯。そして、驚いたことに、青銅の鎧兜まで。

チュニックは動きにくくて暑く、鎧をつけるとコガネムシにでもなった気がした。兜についた耳当てのせいで、耳もよく聞こえない。ぬいでしまおうと思い、人けのない場所に腰をおろした。恥ずかしいことに、手のふるえが止まらず、ナイフさえにぎれそうにない。

「ほら」とアカストスの声がして、ヒュラスは飛びあがりそうになった。革の籠手がひざにぽんと置かれた。「それをはめると汗止めになるから、手がすべることもない」

「ありがとう」ヒュラスはそう言いながら、体のふるえが気づかれていませんようにと祈った。

自分から注意をそらそうと、アカストスが身につけている青銅の鎧や、金張りの柄のついたりっぱな短剣はどこから来たのかときいてみた。ミケーネにいたころに使っていたもので、カラス族に追われたときからずっと、ペリファスが印章とともにかくしておいたのだという。「そのとき、あいつはいまのおまえくらいの年だった。おれが死んだという話を、ずっと信じずにきたんだそうだ」

ヒュラスは兜をかぶり、立ちあがった。今夜は暑く、むっとした熱気がただよっている。深々と空気を吸ってみたが、息苦しさはやわらがない。「あなたの印章はなんのしるしなんです?」

アカストスが印章をつきだして見せた。緑碧玉でできていて、ライオンのたてがみに片手を置いた戦士がきざまれている。

「ミケーネのライオンですね」ヒュラスは言った。急にさびしさがつのった。あいかわらずハボックが見あたらないのだ。

ヘカビに魔除けのまじないをかけてもらったのかとたずねると、アカストスはゆっくりとうなずいた。「これをわたされた」ひもをつけて胸にさげた黒い小袋に手をやる。「だが、効き目は保証できんそうだ。いつまでもつかもわからん」

「でも、いまは夜だけど、やつらの気配はなさそうだし」ヒュラスははげますように言った。「お守りが効いているのかも」

アカストスは口元をゆがめた。「かもな。だが、効き目があろうがなかろうが、明日は決戦だ。やるしかない。勝つか負けるかだ」口調は落ち着いていて、いかにも堂々としてたのもしく見える。さすがに歴戦の強者だ。

自分はなにをやってるんだ? ふいにヒュラスは思った。ピラの言うとおりだ。まわりは大の男ばかり、自分のような若造が出る幕じゃない。

大族長はようすをうかがうようにヒュラスを見ると、くいっとあごをしゃくって言った。「いっしょに来い」

野営地のはずれまで歩くと、話し声や家畜の鳴き声はコオロギの羽音にかき消された。

アカストスが南を指さした。ごつごつとした岩の地面が平原を横切るように細長くつづいている。

「ここからじゃ見えないが、あそこには涸れ谷があって、テラモンの軍勢はこっちへ近づけないはずだ。だから、東側にまわってファラクス軍と合流することになる。つまり、敵は西向きに軍を進めるというわけだ。そして戦いがはじまるころには――」

ヒュラスははっとした。「夕日が目に入る！」

アカストスがうなずく。

「うまい考えですね。でも……数ではとてもかなわない。なのに、勝ち目があると？」

「希望はいつだってあるさ」アカストスはふっと口をつぐんだ。やがて、声の調子を変えてつづけた。「ヒュラス、ききたいことがある。山を越えてきたとき、幽霊を見たと言ったな。そのなかに……おれと似ていて、もう少し若い男はいなかったか」

ヒュラスは首をふった。「いいえ、残念ですけど。弟さんの幽霊がいたとしても、ぼくは見てません」

アカストスは悲しげにうなずき、頭のなかの記憶をさぐるような目になった。弟の霊に会うのを恐れているのか、それとも望んでいるのだろうか。

ヒュラスは勇気をかき集め、一年前の夏にききたかった問いを口にした。「いったい……どういうわけで弟さんを殺すことになったんです？」

アカストスが深々と息を吐きだす。「女だ。カラス族がでたらめを吹きこんだんだ。弟が愛した女をおれが横取りしたと。力ずくでな。それで弟は、おれにつめよって……」剣をにぎった手に視線が落ちる。「明日が最後のチャンスなんだ、ノミ公。十五年前、カラス族をほろぼして弟の霊をなぐさめると誓った。ファラクスかテラモンさえ殺せば……位の高いカラス族の生き血を捧げさえすれば、弟の霊はようやく安らげるんだ。おれも〈怒れる者たち〉から二度と追われなくなる」

決意にみちたその声を聞いて、ヒュラスの胸に畏敬の念がこみあげた。この人はけっしてあきらめなかった。どれほどの困難と恐怖にさらされようとも。

でも、それはアカストスが戦士で、戦いかたを知っているからだ。ヒュラスは平原の向こうに見えるカラス族の野営地をながめた。明日はあそこから剣や矢が向かってくる、そう思わずにいられなかった。女か子どもになって、野営地に残っていられたらどんなにいいか。

「こわいんだな」アカストスが静かに言った。

ヒュラスはうなずいた。「ぼくも卑怯者だってことですか。父さんと同じように、戦わずに逃げだすんでしょうか」

「おまえの親父さんのことだがな、ノミ公。エキオンにつかまったとき、腕の入れ墨は山の氏族の――親父さんの氏族の――しるしだと言ったそうだな。それに、ケフティウで会ったときには、小さいころリュカス山でおふくろさんに置きざりにされたと言ったな。妹といっしょに、クマの毛皮につつまれて」アカストスは少し間を空けた。「それで気づいたんだ。おまえの親父さんは山の氏族のひとりってだけじゃない。氏族の長だったはずだ」

ヒュラスはあっけに取られた。

「親父さんが戦うのをこばんだのは、山をおりずにいるほうが、氏族の者たちにとって安全だと考えたからだ」

「やっぱり卑怯者だったんだ！」ヒュラスはかっとなった。

「氏族のために正しいと思う道を選んだんだ」また間が空く。「それに、カラス族に攻めこまれたとき、親父さんは死ぬまで戦いつづけ、りっぱな最期をとげたらしい」

「でも、あなたが力を貸してほしいとたのんだときは、断ったんでしょ」

「ああ、それはそうだが」

「ぼくは断らない」

「わかってるさ、ノミ公」アカストスの手が肩に置かれた。「どんな男でも、戦いの前はおじけづくもんだ」

「あなたでも？」

「ああ、そうさ。戦いを知れば知るほど、ますますこわくなる」

言葉を返そうとしたとき、ノミオスが指示をあおごうとかけ足でやってきて、アカストスを連れていった。

残されたヒュラスは、ぽつんと立ったギョリュウの木を見つけ、割りあてられた食料の半分を捧げて、〈野の生き物の母〉に祈った。どうかピラとハボックとエコーが無事でいられますように。行方知れずのままのイシも。そして、アカストスとペリファスが討ち死にしませんように。「できればぼくも無事でいられますように。でも、まずはほかのみんなをお守りください」それから、ピラをさがしに行った。

ピラとヘカビが使っている天幕は空っぽで、荷物もすべてなくなっていた。

「もういないよ」そばでチュニックをつくろっていた女が言った。

「どこへ行ったんです？」

女は糸を噛み切り、山のほうをあいまいに示した。「なにしに行ったかは知らないけどね」

ヒュラスは暗闇を見やったまま立ちつくした。熱い風が目にしみる。

カラス族に立ちむかう方法はほかにあるはず。それを見つけてみせるわ！――ピラはそう言っていた。

そして姿を消してしまった。どこに行ったかも、なにをしに行ったかもわからない。はっきりしているのは、二度と会えないかもしれないということだけだ。

十歩ほどはなれたイバラのしげみに、灰色の大きな影が見えた。「ハボック！」ヒュラスは声をひそめて呼んだ。

ハボックがにおいをたしかめるように鼻づらをあげた。星明かりを浴びて両目がきらめく。けれど、ヒュラスのほうへ飛んでこようとはせず、くるりと後ろを向くと、音もなく暗闇に消えた。

最初がピラで、今度はハボックか。

ヒュラスは野営地をふりかえった。人々がマントにくるまって眠りにつこうとしている。あんなに大勢の人がいる……。

なのに、いつもよりずっと孤独だった。

19

小さい子

少年がまた呼んでいる。そばにいてほしいのだと雌ライオンにはわかった。かくれている場所から飛びだしていって、前足で首に抱きつき、鼻づらを思いきりおしつけたかった。

でも、あの子どものそばにもいてあげないと。あの子は山のなかでつらい思いをしているし、まだ小さいから、ひとりではとてもやっていけないはずだ。

かぎ爪で地面を引っかきながら、雌ライオンはどうしようかと迷った。丘の上にずらりとならんだ人間たちのねぐらからは、熱い風に乗っていろんなにおいがただよってくる。ヤギに犬、ロバ、それに馬。人間たちも大勢いる。少し前に少女とハヤブサのにおいもしたから、きっとそこにいるはずだ。少女たちになぐさめてもらえば、少年もさびしくなくなるはずだけど……。

犬が怒ったように吠えたてた。ほかの犬も、さらに別の犬も。こちらのにおいをかぎつけて、あっちへ行けとおどしているらしい。雌ライオンはばかにしたように尻尾をくねらせた。犬の群れなんか、こわがるとでも思ってるの？

そわそわと歩きまわる少年を見ながら、雌ライオンはうずくまったまま動けずにいた。

しばらくして、黒いたてがみを生やした人間の親玉がもどってきた。静かに少年に話しかけている。少年は首をふって、雌ライオンがかくれているしげみのほうを指さした。姿は見えないものの、自分がまだここにいるのを知っているらしい。

そばに行ってあげようか。それとも、ひどくたよりなげなあの小さな子をさがしに行くべきだろうか。少年がつらそうなのがたまらなかった。でも、いまは人間の仲間といっしょにいるし、少女とハヤブサと黒いたてがみの男もそばにいる。小さいあの子は山のなかでひとりぼっちだ。

その子はふしぎなことだらけだった。においが少年とそっくりなのだ。目の色も同じうす茶色で、たてがみも同じライオン色、笑いかたまで同じだ。それに、草の茎でできた球で遊んでくれるところも。あの子もきっと群れの仲間のはず。雌ライオンは毛皮でそう感じとっていた。だとしたら、あの子を守ってあげないと。少女とハヤブサを守ったように。

それに、その子のことが気に入ってもいた。根性があって、かくれるのがとびきりうまいからだ。体に泥を塗りたくり、頭には魚の皮を巻いて、においも上手に消している。木のぼりも大の得意で、雌ライオンよりずっとうまかった。

どうしようか迷いながら、雌ライオンは山のほうから流れてくるにおいをかいだ。マツの木に、ゴイサギ、雄ジカ。ここは本当にすてきな山だ。獲物はたくさんいるし、ライオンはあまり多くない。群れのなわばりにするにはうってつけだ。ハヤブサだってきっとそう思うはず。

でも、小さな人間の子がひとりで生きていけるところじゃない。

何度目か前の〈闇〉のあいだ、雄ライオンがあの子のあとをつけていた。まだ若くて、狩りになれていないのか、大きな獲物はしとめられないようだった。人間の子は格好のごちそうのはずだ。

自分がちっぽけな子ライオンだったころ、残酷なカラス人間に母さんと父さんを殺されたことは、いまもはっきりとおぼえている。〈光〉と〈闇〉が何度もすぎるあいだ、ずっとひとりぼっちだった。あのひもじさと、空から襲ってくるノスリの恐ろしさはけっして忘れない。つらくてたまらなかったけれど、少年が見つけてくれてからは、とても幸せになった。

最後にもう一度、少年が呼んだ。

雌ライオンは泣きそうになりながら、小さく声をもらした。でも、飛びだしてはいかなかった。少年は黒いたてがみの男といっしょに、とぼとぼとねぐらに帰っていく。それを見送ってから、雌ライオンはくるりと後ろを向いて、山の奥をめざした。やるべきことははっきりした。あの小さい子を見つけて、守ってあげること。それから、どうにかしてみんなでいっしょにいられる方法を考える。自分と、少年と、少女と、ハヤブサと、あの子とで。

そう、このすてきな新しいなわばりで、いっしょに暮らせるようにする。群れはそうでないと。

20

祖父コロノス

祖父から短剣をうばおう。そう決意してから、テラモンは平静を取りもどしていた。〈怒れる者たち〉への恐怖はうすれ、父親の幽霊のことさえ、いまは気にならなかった。

とはいえ、気がかりもあった。家来たちがヒュラスをとらえそこなったことだ。でも、勝利は強き者にあたえられる。ラピトスへの道を馬で進みながら、テラモンは心のなかでつぶやいた。短剣さえ手に入れれば、よそ者なんかにじゃまはさせない。

軍勢の指揮はイラルコスにまかせた。いまごろは街道をぬけて平原を進んでいるころで、じきにファラクスが率いる本隊に合流するはずだ。

イラルコスはうろたえていた。「ですが、ファラクスさまに若君はどこかときかれたら、どうすればよろしいでしょう」

「そんなことにはならない。それまでには追いつくつもりだし、こっちのほうが先に着くかもしれない」そう言い残すと、テラモンは馬の首にむちをくれ、生まれ育った要砦へ向かったのだった。

日が高くなるにつれ、東の空に真っ黒な雨雲が集まりはじめた。それを見てふとファラクスの姿が頭に浮かび、テラモンの心に影がさした。エジプトからもどった晩、ミケーネの大広間でおじに問いつめられたときのことが脳裏によみがえる。アレクトの死を聞かされても、ほおのそげたファラクスの顔は、ぴくりとも動かなかった。アレクトの名はひとことも口にせず、勝手に〈大いなる川〉で争いを起こすとはなにごとかとテラモンをしかりつけただけだった。実の妹がワニに食われようと平気だが、自分の命令がないがしろにされるのは許さないのだ。

でも、それがなんだ？　テラモンは不敵に考えた。ファラクスにそむくことができるのは、本当に勇敢な者だけだ。ぼくこそが本物の勇者なんだ。コロノス一族の短剣をうばいさえすれば、ファラクスがぼくにかしずくことになる。

軍勢の先頭に立って戦車を駆り、短剣を高々とかかげながら、逃げまどう反乱軍を追いたてる自分の姿が目に浮かぶ。短剣のずっしりとした重みと、にぎりしめたときにみなぎる力を早くも感じるようだった。均整のとれた力強い刀身、先へ行くほど細くなったするどい切っ先。柄に入れられた丸に十字のしるしは、敵を蹴ちらす戦車の車輪だ。

ラピトスの要砦を築いたのは、コロノス一族の初代族長だった。短剣をつくらせたのも、祖父ではなく、その初代コロノスだ。討ちはたした敵の族長の兜を熔かした青銅に、自分の戦傷から流れた血を注ぎこんだのだ。そんな先祖を持つ自分がこの世を支配する。それが神々の思し召しなのは、当然のことだ。

ようやくラピトスが見えたとたん、テラモンの胸は誇らしさでふくらんだ。山を背に建つ要砦は、あたりをいかめしく見おろしている。赤黒い壁の上空にはカラスが騒々しく飛びかい、四隅にそなえられた見張り台には番兵が立ち、兜を飾る黒い馬毛のふさを風になびかせている。

テラモンは手綱を引き、ふりかえって豊かなリュコニアの平原を見おろした。はるか東の山々のふもとまで、オリーブの林と大麦畑がはてしなく広がっている。その手前の、眼下に見える高台の上には、反乱軍がアリのようにひしめきあっている。思ったより数が多い。だが、ファラクスの大軍をもってすればひとひねりのはずだ。いまはまだ平原の向こうにいるが、巨大な赤い土ぼこりを巻きあげながら、猛然と近づいてきている。

自分が手にする栄光を思うと、得意さでぞくぞくした。やつらをひとり残らず討ちはたしてやる。女子どもは奴隷にする。あんな雑魚どもなど、コロノス一族の敵ではない。

*

見張り台に立つ番兵がテラモンに気づき、青銅の飾り鋲がついた巨大な門扉を音を立てて開いた。ひづめの音をひびかせながら中庭へ入ると、テラモンは馬の背から飛びおり、奴隷に手綱をほうった。

番兵たちの隊長がかけつけ、腰をかがめると、あわてたようにあいさつした。どうやら番兵たちは、高台に結集した反乱軍を見て浮き足立っているらしい。

「思ったよりも大勢いるようです、若君」隊長はおずおずと言った。「それに、悪い兆しが――」

「どんな兆しだ」テラモンはぶっきらぼうに言い、奴隷の少女からワインの杯を引ったくって、中身をあおった。

「ムクドリです、若君。見たこともないほどの大群でした！　要砦めがけてやってきて、空をおおいつくしたのです。カラスどもでさえ、しばらくは逃げだしたほどでして。それだけではないのです、若君、うわさが流れておりまして……」

「うわさだと？　どんなうわさだ、早く言え！」

「それが……」隊長は言いよどんだ。「ミケーネのライオンがもどったと」

中庭はしんと静まりかえった。テラモンがどんな反応をするかと、だれもがようすをうかがっている。よく見ると、番兵たちの大半はごく若く、ひげさえ生えていない者もいる。ファラクスは強者たちを戦場に引きつれ、コロノスの護衛には少年たちしか残さなかったらしい。

そう気づいたとたん、テラモンは勢いづいた。「ミケーネのライオンがどうした」あざけるように声を張りあげる。「そんなのは、臆病な農民たちがアカストスという男につけた、ただのあだ名だ。そいつは、ずっと昔、祖父のコロノスがミケーネを攻め落としたときに始末した。れっきとした戦士が、女みたいにうわさにまどわされるな」テラモンがにらみつけると、番兵たちは恥じ入ったようにうなだれた。「もしまたそんなうわさを流すやつがいたら、残らずむち打ちの刑だ！」

テラモンは杯を投げすて、隊長に向きなおった。「すっかり時間をむだにした。大族長のところへ案内しろ、急ぎの用だ！」

＊

ラピトスの大広間に足を踏み入れ、そこに父のテストールではなくコロノスがいるのを見ると、テラモンは思わずひるんだ。

コロノスは広間の奥にある長椅子にすわっていた。その前には細かな彫刻と金箔がほどこされた木の卓が置かれている。祖父のほかにそこにいるのは、入り口に立つ番兵たちと、奴隷がひとりだけだ。奴隷は、ワインとハチミツとくずしたチーズの入った大きな銀の碗をかきまぜながら、おびえた顔をしている。番兵たちも同じだ。だれもがコロノスを恐れている。恐怖が霧のようにあたりに立ちこめている。

テラモンは部屋の中央へ進み、何世代にもわたり絶やすことなく火がたかれてきた大きな炉の横を通りすぎた。西側の壁ぎわに置かれた緑の大理石の椅子の横も通りすぎた。父のものだった玉座だ。そのとたん、心臓がひやっとした。一瞬、目の端にとがめるような顔をした父の幽霊が見えた気がした。

テラモンは無理やり首をひねり、真っすぐ玉座を見すえた。もちろん空っぽだ。あのうそつきめ。頭に恐怖を植えつけ、ありもしないものを見させたヒュラスが憎らしかった。だがその動揺を頭から追いやり、大族長のそばに歩みよった。

「お祖父さま」短く呼びかけ、片ひざをついて、胸に手を当てる。

祖父は無言のまま見おろした。

コロノスはいつものように、紫色のチュニックと白いヤギ皮のマントをまとい、肩のところをにぎりこぶしほどもある金のマントピンでとめていた。いくつものくさび形の飾りがついた金の冠に、一族に伝わる豪奢な金のベルト。まばゆい輝きを放つベルトの留め金は、四つの斧を組みあわせた形をしている。年齢のせいであごひげは白くなり、頭のてっぺんはうすくなっているが、年月によっておとろえるどころか、御影石のような強さを身につけてきたように見える。

祖父のことはずっと恐れてきた。だが、立ちあがって向きあうと、親指にはめられた鉄の指輪が目に入った。これまでは重要な儀式のときにだけはめていたが、いまははずしたところを見たことがない。コロノスでさえ、〈怒れる者たち〉が恐ろしいのだろうか。

そう思ったとたん、ふしぎに力がわいた。祖父もしょせん無敵ではなかったのだ。

「なぜ兵を連れていないのだ」古参の戦士でさえ青ざめさせるような声で、コロノスが言った。

テラモンは深呼吸をひとつした。しっかりしろ。「時間がないんです」つっかかるようにそう返す。「じきに戦いがはじまるので、ぼくも行かなければなりません」そこで肩をそびやかした。「短剣をもらいに来たんです。ぼくがそれを持って、わが軍を勝利にみちびきます」

広間に沈黙が落ちた。大族長の青白い舌がゆっくりとうすいくちびるをなめる。「おまえが？」冷ややかな声だった。

半開きになった目が射ぬくような光を放つ。テラモンは奥歯を噛みしめた。「兵たちに短剣を見せてやるんです。ここにしまいこんでいては、役に立ちません」

コロノスがひどくゆっくりと立ちあがった。「わたしが死んだら、ファラクスからうばうがいい。だが生きているうちは、口出しはさせんぞ、孫よ」

テラモンはひるんだ。それからあごをぐっとあげた。「いいか、よく聞くがいい。ぼくは若い。そっちは年寄りだ。じきに死ぬんだ！」

主の怒りを恐れた奴隷が息をのみ、広間を飛びだした。だが、コロノスは眉ひとつ動かさない。

「短剣をよこすんだ」テラモンは祖父を真っすぐ見すえた。

けたたましい高笑いが広間にひびきわたり、テラモンは後ずさった。後ろをふりむくと、番兵たちが仰天したように顔を見あわせている。テラモンと同じように、大族長の笑い声を初めて聞いたのだろう。

「短剣なら、何日も前にファラクスのもとへ送ったぞ。戦場で使わせるなら、一人前の男にあずけたいからな、若造にではなく」

テラモンは、顔から血の気が引くのがわかった。短剣はファラクスの手元にある。わざわざここまで来たのはむだ骨だったというのか。

ぼうぜんとしたまま、テラモンは祖父が腰をおろし、御影石のようなこぶしを卓上に置くのを見ていた。「おまえの父親は臆病者だった」コロノスが冷ややかにつづける。「自分やおまえに、一族を関わらせまいとした。権力を求めようともせずに。おまえも臆病者だ。威勢がいいのは口だけだ。さあ、出ていくがいい。せいぜい、戦場で恥をかかないようにすることだな」

耳がワンワン鳴りだした。目の前が真っ赤な霧でおおわれる。祖父のしみだらけののどに剣をつき刺すところを思いうかべた。うすいくちびるのあいだから、血の泡を吹かせてやりたい……。

テラモンは必死で気持ちをおさえ、きびすを返すと、ふらつきながら広間を出た。コロノスの冷たい笑い声が背中でひびきつづけていた。

21

ヒュラスのもとへ

声がかれるほど笑いながら、イシはクリの木からスイレンめがけてザブンと飛びこんだ。ハボックがそれにつづき、さらに大きな水しぶきがあがって、川岸が水びたしになる。イシはハボックのおなかの下にもぐって尻尾をつかんだ。ハボックが身をよじってさらに下にもぐりこむ。イシはゴボゴボとくぐもった笑い声をあげた。そのまま取っくみあいながら、いっしょに水面に顔を出し、盛大に水を吐きだした。

へとへとになったイシが息をはずませて岩によじのぼると、ハボックもよじのぼり、ぶるぶるっと毛皮の水をはねとばしてから、となりに寝そべった。

むっとする夜気にコオロギとカエルの歌声がひびいている。イシはあおむけに横たわり、クリの枝ごしに月を見あげた。こんなふうにしているのがうそみたいだった。ついさっきまでは、木の下で頭をかかえてうずくまり、さびしさとみじめさで動く気にもなれずにいた。そこへハボックがアシのしげみから飛びだして、うれしそうにのどを鳴らしながら、顔をこすりつけてきたのだった。

イシは手をさしのべて、革のようにかたいハボックの肉球にさわった。ありがとう、さがしに来てくれて。心のなかでそうつぶやいた。

いつのまにか眠っていたらしい。目を開けると空は白みかけ、狩りからもどったハボックが雄ジカの死骸をくわえて引きずっていた。

前に一度、ライオンの群れがイノシシを食べているところを見たことがある。家族そろって食事をする姿がうらやましくてたまらなかった。最初に食べるのは雄ライオン、次が雌ライオン、そして最後に子ライオン。いかにも仲がよさそうに、寄りそいあっていた。自分は両親をおぼえていない。ヒュラスがたったひとりの家族だったのに……。

そんな思いを頭から追いはらい、イシは火をおこして、ハボックが満腹になるのをおとなしく待った。しばらくすると、血まみれの大きな鼻づらがやさしくおしつけられた――どうぞ、あなたの番よ。

イシはシカの肉をそいでたき火で焼き、太ももの骨を折って、なかの濃くておいしい髄をしゃぶった。それから待ちきれずに生焼けのまま肉にかぶりつき、ハボックと同じように口のまわりを血でべたべたにしながら、思うぞんぶんおなかにつめこんだ。すっかり満腹して、げっぷが出た。群れができるって、なんて幸せなんだろう。

クリのこずえでスズメがさえずり、ツグミも朝の歌を歌いだした。森が目ざめはじめている。明るくなっていく光のなかで、ハボックの毛皮も夜のあいだの銀色から、日中の黄褐色へ変わっていく。イシはハボックのがっしりとした前足が好きだった。革っぽいにおいがする肉球も、耳のなかの黒い毛も。なによりのお気に入りは、黒いふちどりのある大きくて吊りあがった目だ。きれいな赤みがかった金色の瞳は、秋の木もれ日とよく似ている。

さがしに来てくれてありがとう。イシはもう一度心のなかでつぶやいた。

ハボックが立ちあがり、浅瀬に入って水を飲んだ。やがてのんびりとクリの木のそばへ歩いていき、後ろ足で立ちあがって、樹皮の裂け目でかぎ爪をとぎはじめた。爪を出し入れするたび、毛皮の下の筋肉が波打つ。気持ちよさそうに、目を細めている。

いまはじゃましちゃいけない。イシは木の裏側へまわって幹をよじのぼり、クリの実をもぐと、枝にすわって足をぶらつかせながら、イガをはずし、なかの実を食べた。ヒュラスはどうしているだろう。いまごろはもうピラといっしょにいるだろうか。そう思うと、ねたましさに胸がうずいた。

木からおりたとき、ハボックの爪のさやが樹皮にささっているのを見つけた。人間の指の爪みたいに見える。イシはすっかりうれしくなった。かぎ爪そのものと同じくらい貴重なものだから、いいことが起きる兆しのような気がした。それで、火打ち石のかけらでさやに穴をあけて、イラクサの茎でひもをこしらえ、首からさげた。ほら、できた。最高に強力な、とっておきのお守りだ。きっといいことがあるはず。

日が高く昇るにつれ、暑さがきびしくなってきた。コオロギの羽音が大きくせわしなくなり、鳥たちはぱたりと鳴くのをやめた。耳の後ろがかすかに重たい。じきに嵐が来る。

ハボックは横向きに寝そべり、寝息を立てている。その体に寄りそってまどろむと、心から安らいだ気持ちになった。こんなにいい気分は初めてだった。

夢見心地のまま、イシは落ちこんでいた自分をはげました。ヒュラスがあの子と仲良しだからって、気にすることはない。そのうちけんかでもしてあの子はケフティウに帰るかもしれないし、そうしたらじゃま者はいなくなる。べつに、ピラに悪いことが起きてほしいわけじゃない。昔のように、兄とふたりきりで暮らしたいだけだった。

でも、その問題を考えるのはまだ先だ。まずはヒュラスを見つけないと。ハボックが案内してくれるなら、じきに見つけられるはず。

＊

意外なことに、ハボックは朝のうちに目をさまし、歩きだした。なにかを気にするように、しきりに空気のにおいをかいでは小さく鼻を鳴らしている。心引かれるにおいでもするのだろうか。もしかして、ヒュラスのにおいかも？

ハボックはきびきびとした迷いのない足取りで山すそをまわりこむように進み、イシはついていくのがやっとだった。それでも、少し距離が開くと、そのたびにハボックは立ちどまってイシが追いつくのを待っている。イシの期待は確信に変わった。まちがいない、ハボックはヒュラスのところに案内してくれている。

まだ昼にもならないのに、息苦しいほどの暑さだった。東の空にはブドウ色をした雲が集まり、緑色のキツツキがけたたましく鳴きさわいでいる。ツバメたちはいつもより低く飛んでいるし、ハチたちは巣にかくれている。嵐の前ぶれだ。でも、それは心配じゃない。嵐にはなれっこだからだ。いま歩いている山すそには洞穴がいくつもあるから、そこに飛びこめば、山頂あたりに雷が落ちてもあぶなくはない。

ハボックは斜面の途中に立って待っている。背の高い金色の草にすっかり溶けこんでいて、イシにも見分けがつかないほどだった。

そばまで行くと、ハボックは北東を向き、山すそからつきだした丘のほうへ歩きだした。イシははっとした。そっちはだめ、ハボック、ラピトスへ行っちゃう！

けれど、めざす場所が近いのか、ハボックはさらに足を速めた。しかたなく、イシも背の高い草と紫色のアザミに身をかくしながら、あとを追った。

坂をのぼると視界が開け、見おろすと、高台にある反乱軍の野営地が目に入った。東の平原からは、赤い土ぼこりが大波のようにおしよせている。イシの胃がきゅっとした。カラス族だ。あの大軍が反乱軍のところへ着いたら、戦いがはじまる。まちがいない、今日がその日になる。

ハボックが草むらのなかに消えていった。あわてて追いかけながら、イシは胸をおどらせた。ヒュラスが丘の向こうにいるかもしれない。

てっぺんにのぼりつめると、少し低いところで人の気配がした。イシと同じように、ラピトスへ向かっているらしい。イシはナイフをぬいて、身を伏せた。もしもカラス族だったら……。

アザミのしげみにさえぎられ、相手の姿は見えない。丘の向こうにラピトスが見えた。赤黒い壁に、見張り台、見ひらかれた目のようなのぞき窓。背筋がぞっとした。壁の上には番兵の兜がのぞき、馬毛のふさが風になびいている。門扉は細く開いていて、いまにもカラス族の一団が飛びだしてきそうだ。それとも、やってきただれかをむかえ入れるために、さらに広く開かれようとしているのだろうか。

足音がさらに近づいてくる。十歩とはなれていないあたりから、草を踏みしめる音が聞こえる。鎧がきしむ音はしないから、カラス族ではなさそうだ。イシの胸は高鳴った。もしかして、ヒュラスかも？

ちがうとわかったとたん、なぐられたようなショックに襲われた。ひそかにラピトスへ急ぐ人影は、ヒュラスではなかった。

まじない女とピラだ。

22

ラピトスの要砦

風が背の高い草を揺らし、土ぼこりでピラの目は痛んだ。山道を夜どおし歩いたせいで疲れて頭がくらくらし、汗が両脇を流れ落ちる。東から近づいてくる紫色の雨雲のことは考えないようにした。反乱軍めがけてじりじりとおしよせる赤い土ぼこりの波のことも。もうじき戦いがはじまり、ヒュラスも出陣する。

「あれがラピトスってわけね」五十歩先に見えるカラス族の要砦を見やりながら、ヘカビがつぶやいた。「思ったとおり、番兵はわずかみたいよ」

ピラは返事をしなかった。自分が生まれ育った女神の館に比べれば、ラピトスはずっと小さい。でも、はるかに荒々しく、恐ろしげに見えた。山のふもとにうずくまったばかでかいヒキガエルみたいだ。カラスの大群が上空を飛びかい、ハゲワシたちも人間の指を広げたような巨大な風切り羽を広げて旋回している。赤黒い壁の上から兜がのぞき、馬毛のふさ飾りが風になびいている。矢を射かけようと待ちかまえる番兵たちの姿が目に浮かぶようだった。

難攻不落のこの要砦に火をつける。安全な野営地にいたときは、そんな無謀な思いつきも、うまくいきそうな気がした。いまはばかげた自殺行為にしか思えない。

「ヘカビ、こんなのどうかしてる。なかはカラス族だらけよ！」

「なら、なんで」ヘカビが声をひそめる。「さっきハボックはあんなに落ち着いていたと思う？ それに、エコーを見てごらん！」

たしかにそうだ。ついさっき丘の上で見かけたとき、ハボックは背の高い草むらを悠然と歩いていた。エコーのほうも、すっかり元気をとりもどし、ごきげんなようすだ。姿が見えなくなるくらい高く舞いあがったかと思うと、太陽から飛びだしてきたかのように、あざやかな急降下を見せ、要砦の上を舞うカラスを追いちらしている。

「だとしても、見つからずになかへ入るなんて無理よ！」

ヘカビはしきりに壁の上の兜を気にしている。「いいえ、そんなことはない。扉が少し開いてるじゃない。堂々と正面から入ればいい」

ピラはぞっとしてヘカビを見やった。だが、ヘカビは平気な顔で、要砦の正面にそびえる両開きの門扉に向かってすたすたと歩きだした。

あわてて女神に短い祈りを捧げてからピラもつづいた。低く身をかがめ、イバラのしげみからしげみへと飛びうつるように前へ進む。

驚いたことに、壁の上から叫び声は聞こえず、矢も飛んでこなかった。黒い影がさっと頭をかすめ、ピラは飛びすさった。が、それは扉めがけて向かっていくエコーだった。最後の瞬間に翼をたたむと、エコーは細く開いた扉のすきまに飛びこんだ。

青銅の飾り鋲がついたぶあつく重たい扉は、マツの丸太の門柱に支えられている。「わなに決まってるわ！」ピラはつぶやいた。

ヘカビが扉をおし開き、なかへ入る。なにも起こらない。ピラも心臓が口から飛びだしそうな思いで、ヘカビにつづいた。

そこは中庭で、三方をかこむ建物には戸口がいくつもならんでいた。そのひとつからは、ロバのいななきと、馬の鼻息や足踏みの音が聞こえてくる。別の戸口からは煙が立ちのぼっている。きっと炊事場だ。焼いたブタ肉のにおいがして、つばがわいてきた。中庭の一角には節くれだったブドウの古木が日陰をつくり、その下に置かれた粗末な卓の上に、ハゲワシがむらがっている。兵たちが食事の途中であわてて立ち去ったらしい。はためく翼とヘビのようにくねった首の向こうに、食いちらかされた薄焼きパンや、ヤギのチーズや、塩漬けの魚や、倒れて中身がこぼれた大麦ビールの瓶がのぞいている。

どういうことだろう。そう考えていると、つむじ風が中庭に土ぼこりを舞いあげ、そのとたん、見張り台に動くものが見えた。「ヘカビ、あぶない！」ピラは叫んだ。

でも、矢は飛んでこなかった。かわりに兜が落ちてきて、石畳の上に転がった。

「ほらね」ヘカビがくちびるをゆがめて言った。「ここにはだれもいないのよ！」

エコーが戸口のひとつから飛びだしてきて、ピラの肩に止まった。あごの下の羽をふくらませている。興奮しているが、警戒はしていない。

「やっぱりね！　あそこにならんでるのは兜だけ。見張りがいると見せかけるために、ああやって壁の上に置きっぱなしにして、全員逃げだしたのよ。ラピトスはもぬけの殻ってわけよ、ピラ。これならうまくいくわ！」

*

「だれもいないかどうか、まだわからないじゃない」ピラはささやいた。

「なら、さっさとすませないと」

中庭をはさんで、東と西の両側に貯蔵庫がならんでいる。「まずは東から」とヘカビが言った。「油の大半はそこにしまわれているって、斥候から聞いたから。手っ取り早く火事を起こせるはず」

最初にたどりついた貯蔵庫には、人の背丈ほどもあるワインと油の瓶と、亜麻布と羊毛の大きな包みがどっさりつめこまれていた。せまい場所が苦手なピラは必死で恐怖をおし殺した。ヘカビの見よう見まねで、馬屋から取ってきたわらをねじって手早くひもをこしらえ、大きな灯心をつくって、瓶のなかにさしこんでいく。

どこかで扉がバタンと閉じ、馬がいなないた。ピラは凍りついた。「だれかいる、気配を感じるわ！」かけてくる足音と生皮の鎧のきしみが聞こえそうな気がした。「だれもいないはずないわ、ヘカビ。ちがう？」

「わからないわよ。戦場に向かったかもしれないし、残されていたやつらも、臆病風に吹かれて逃げだしたかもしれない」ヘカビは目をぎらつかせながら、羊毛の包みを開いて、火が燃えうつりやすいように中身をばらまいた。「こっち側にはあと四つ貯蔵庫がならんでる」ふりかえってそうつづける。「残りはわたしがやるから、あんたは中庭の向こうをお願い。丘の上で落ちあいましょ――」

「でも、ひと部屋だけに火をつければじゅうぶんじゃない？　ここだけ燃やしたら、すぐに逃げたほうがいいわ！」

「だめよ。念には念を入れないと！　天井の梁なんて、石みたいにかたいんだから。跡形もなく燃やしつくすには、思いきり勢いのいい、熱い火をおこさなきゃならない。でないと、すぐに消えてしまうから！」

猛抗議もむなしく言い負かされたピラは、わらをどっさりつかんで中庭をつっ切った。

冷たい石敷きの廊下を歩き、せまくるしい貯蔵庫に入ると、自分の息づかいがやけに大きくひびいた。むっとする汗のにおい。さっきまで男たちがここにいたらしい。

そのとき、だれかにとらえられたような恐ろしい感覚が襲ってきた。なにも見えず、身動きもできない。がんじがらめにされてしまったようだ。やがてその感覚は、はじまったときと同じようにとつぜん消えた。エコーだ。そう気づいてピラはぞっとした。エコーになにかあったんだ。

キィーッ。耳をつんざくような鳴き声がした。もう一度、さらにまた一度。

わらを投げすて、ピラは廊下をかけだした。エコーの悲鳴はどんどん大きくなり――いきなりかき消えた。そんな、やめて……。

ちらりと明かりが目に入った。ピラは大きな広間に飛びこんだ。奥に煙をあげる火鉢が置かれ、ほの暗い火がともされている。つづいて、煤で真っ黒になった梁が目に入った。目のくらむような赤と緑の床。たけだけしい戦士や猟犬が描かれた壁画。片側の壁ぎわに置かれた緑の大理石の玉座と、両脇に描かれた二頭のライオン。広間の中央には、灰が積みあがった大きな円形の炉がしつらえられ、その四隅を黒と黄色のジグザグ模様のりっぱな柱が守っている。

エコーはここだ。そう感じとれるものの、姿は見えなかった。足元には、番兵が置きざりにしたらしきマントと槍が落ちているが、人の姿は見あたらない。

いや、ちがった。広間の奥の火鉢のそばに金張りの卓があり、男がつっ伏している。顔は見えないが、紫色のチュニックと白いヤギ革のマントをまとっている。ミケーネの大族長のものだ。はげあがった頭に、金の冠、肩のところにとめられた、こぶしほどもある金のマントピン。

自分の目が信じられなかった。たしかめないと。ピラはためらいながら近づいた。火鉢から炭のにおいがただよっている。そこで足を止めた。

コロノスがワインの入った銀の碗に顔をつっこんだまま、こと切れていた。片手はたれさがり、もう一方の手は卓上にのせられている。ろうのような指と黒ずんだ爪は、碗をつかもうとするような形のまま動かない。光を失った片目がこちらを見つめている。

お守りを持っていればよかったとピラは思った。そうすれば、怒ったコロノスの霊を遠ざけられるのに。とむらいの儀式をされていないから、まだあたりにいるはずだ。ヒュラスがここにいたら、姿が見えるにちがいない。

そのとき、かぎ爪が木を引っかく音がした。「エコー？」ピラはそっと呼びかけた。

あそこだ。コロノスのなきがらの後ろの、部屋の片隅にいる。心臓が止まりかけた。エコーの体は布を裂いたひもでしばられ、頭にも布が巻きつけられている。おまけに、うす暗い隅っこの丸椅子に足をくくりつけられている。息はしているが、死ぬほどおびえているのがわかる。

その瞬間、ピラの背筋がぞっとした。ヘカビはまちがっていた。ラピトスにはまだだれかいる。そのだれかが、エコーをおとりにして、自分をわなにかけたのだ。

ピラはあごをぐっとあげ、コロノスのなきがらの横を通りすぎると、エコーのそばへ行った。「だいじょうぶよ、エコー」声がかすれる。「わたしがついてる。いますぐ自由にしてあげるから」

「それはどうかな」暗がりから声がして、テラモンがあらわれた。

23

とらわれたエコー

「この子は自由になさい。あなたのねらいはわたしでしょ」

テラモンは足元にうずくまるピラを驚きの目で見つめた。後ろ手にしばられ、両足の自由もうばわれ、ほおには大きなあざまである。それでも、農民でも相手にするように、指図をしようというのか。

こわいもの知らずなのは前から知っていた。たったいまも、祖父のなきがらの横を平気で通りすぎていた。自分はといえば、先ほどの衝撃のせいで、まだめまいがするというのに。

自分が手にかけたわけじゃない。テラモンは心のなかでそうつぶやいた。神々がぼくのためにしてくださったことだ。短剣をファラクスにわたしたという祖父の言葉をたしかめるために、要砦内をさがしたほうがいいと気づかせてくださったのも神々だ。ここにとどまっていたからこそ、ピラをとらえられた。それも神々の思し召しだ。

ピラを見おろしながら、テラモンの頭にはそんな考えがよぎった。やがて、静かな声でこうきいた。「ぼくに指図するなんて、なにさまのつもりだ。いまだに大巫女の娘気取りか」

「これからもずっとそうよ」

「なんの力もないくせに！　おまえなんかどうにでもできるんだぞ！　これを見ろ」テラモンは自分のひたいの傷あとを指でつついた。「エジプトでのことをおぼえてるか。おまえの鳥が引っかいたんだ。あの場で殺さなかったのをありがたいと思え。いまやってやろうか。こいつの首をへし折ってやれるんだぞ！」

「やめて、お願い……この子にさわらないで！」

「そう、それでいい。そうやって情けにすがるんだ、ピラ。女ならそれが当然だ」

テラモンはピラに背を向けると、広間を横切り、テストールの玉座に――いや、自分の玉座に――腰をおろした。

そう、これは自分のものだ。そう思うと心がおどり、ようやく実感がわいた。コロノス亡きいま、すべてはこのぼくのものだ。

広間の奥にいるピラは手足の縄をはずそうともがいている。冷たい汗をかき、顔を真っ青にして、必死でパニックをこらえているのがわかる。

「しばられるのは大きらいなんだろ。おぼえてるぞ。それをなにより恐れてるんだろ。永遠に自由をうばわれることを。助けなんて来ないぞ」

「そっちだって、ひとりぼっちじゃない、テラモン。ラピトスは空っぽよ、知ってる？　家来はみんな逃げだしたのよ」

「あんな小僧ども、いないほうがましだ！　さあ、ここでなにをしてるのか言うんだ。それに、ヒュラスの居場所も」

ピラは口ごもった。「ヒュラスはこのラピトスにいる。あなたなんか、ひと刺しで終わりよ」

テラモンは剣をぬき、暗がりに向かってふりまわした。やがて、自分の軽率さに気づいた。「うす汚いケフティウ人め、そんなうそには引っかからないぞ！　ヒュラスが本当にここにいるなら、おまえがなぐられるのをだまって見てるわけがない。もう一度きく。その鳥の首をはねられたくなかったら、本当のことを言うんだ。やつはどこだ」

「戦場よ」ピラがあわてて答える。「大族長の軍にくわわったの――本物の大族長の。ええ、ほんとよ、この目でアカストスを見たんだから。ミケーネのライオンがもどったの。その呼びかけに応えて、反乱軍がどっと集まってるのよ！」

「それがどうした」切りかえしたものの、テラモンは動揺をかくせなかった。「忘れたのか、ぼくには短剣がある。だから無敵なんだ！」

「短剣を持ってるのはファラクスでしょ、あなたじゃなく」

「でも、いつでもうばえる」

「あなたが？　ファラクスからうばえるっていうの」

「ぼくが短剣を持つのが、神々の思し召しなんだ。ファラクスじゃない！」テラモンがつかつかと近づいて見おろすと、ピラはびくっとふるえた。「いまここでおまえを殺して、片をつけることもできるんだ。でも、そうはしない。戦いが終わってからのお楽しみだ。さあ、もう一度きく。ここでなにをしていた？」

　ピラが底知れない黒さをたたえた瞳で見あげた。「ファラクスがあなたに短剣をわたすもんですか」

「またファラクスの話か」テラモンは怒鳴った。「ファラクスなんて、ただのじゃま者だ！　コロノスも死んで、神々はぼくを支配者に選んだんだ！」

「コロノスもあなたが殺したの？」

「ぼくが手にかけたわけじゃない。そうするまでもなかった、神々が手をくだしてくださったんだ！」

　その場の光景がありありと脳裏によみがえった。コロノスの高笑いを聞きながら、よろめくように広間をあとにしかけたときのことだ。笑い声はいきなり途切れ、くぐもったうめき声が聞こえた。ふりかえると、コロノスが自分の腕をつかみ、魚のようにぽっかりと口を開けていた。発作に見まわれたのだ。顔の片側に異変が起きていた。目もほおも口も、神の見えざる指で引きずりおろされているかのように、奇妙な形にたれさがっていた。

　番兵たちがかけよろうとしたが、テラモンはそれをさえぎった。「だれもさわるな！　神々がなされたことだ、手出しは無用！」

　祖父が前にのめり、ワインが入った銀の碗のなかに顔をつっこむところを、テラモンは魅入られたように見つめていた。ブクブクとぞっとするような音があがり、片手はむなしく碗を引っかき、がっしりとした肩が苦しげにふるえた。やがて、黒い爪の生えた指がひくひく痙攣したかと思うと——動かなくなった。

　テラモンがそこに立ちつくしているあいだに、ことの次第は要砦じゅうをかけめぐり、恐れをなした番兵たちはひとり残らずラピトスから逃げだした。

　なんとか気力をかき集め、テラモンはなきがらに近づいた。肩をつかんで真っすぐに引き起こそうとしたが、頭がだらりとのけぞった。ワインにまみれた力ない祖父の死に顔を、テラモンはじっと見おろした。

　なぜ、こんな年寄りをあんなに恐れていたのだろう。

　腰のベルトをうばい、肩から手をはなすと、コロノスのなきがらはまたワインの碗につっ伏した。ベルトを自分の腰に巻いたとたん、力と勇気がみなぎった。大族長は死んだ。大族長万歳！

テラモンはふりかえり、先祖たちが狩りをし、敵を蹴ちらす姿が描かれた壁画をながめた。これまでずっと、先祖たちのように勇敢になれないのではと恐れてきた。だがそんなことはない。ぼくは先祖たちを超えられる。ずっと偉大になれるはずだ！

ピラのするどい声で、夢想はやぶられた。「なにもかも神々の思し召しだっていうなら、なぜそんなに〈怒れる者たち〉をこわがってるわけ」

「こわがってなんかない」

「いいえ、こわがってる、見ればわかるわ。そわそわ歩きまわって、その鉄の指輪をずっといじくってる。ヒュラスにその指輪のことは聞いた。コロノスも同じものをはめてる。それもうばうつもりなんでしょ」ピラがあざ笑うようにくちびるをゆがめる。「どれだけ指輪を集めたって、足りっこないわ、テラモン。この先ずっと、おびえて暮らすのよ！」

「おびえたりするもんか！」テラモンは怒鳴った。

その声が広間にこだました――壁画の先祖たちのまなざしが返ってくる。

テラモンははじかれたように笑いだした。てのひらで顔をおおう。すばらしい考えがひらめいた。神があたえてくださったとしか思えない。「どうすればいいか、わかったぞ！」

今度はピラが不安になる番だった。くちびるまで血の気を失い、肌は汗で光っている。「どういう意味？　なにをする気なの」

「それさえすれば」テラモンはつぶやいた。「短剣は永遠に安全になる。そうだ、まちがいない！　神々の助けを借りて、戦場でファラクスから短剣をうばい、先祖に捧げる。あとは、先祖がずっと短剣を守ってくださるはずだ！」

それに、とテラモンは頭のなかでつづけた。一族の怒りもようやくおさまるはずだ。父、アレクト、そしてコロノス……。〈怒れる者たち〉につきまとわれることもなくなる。
「どこへ行く気？」足早に広間をあとにするテラモンをピラの声が追ってきた。

「戦場に決まってるだろ！」

「わたしとエコーはどうなるのよ」

テラモンは笑った。「なれるしかないな、そうやってしばられていることに。しばらくはそのままでいてもらう。ぼくが戦いに勝って、短剣を永遠に先祖へ捧げるまで——反乱軍をほろぼして、まだ動いているヒュラスの心臓を犬にくれてやるまで。そのあと、おまえはこのラピトスで死ぬまですごすことになる。女どもが暮らす部屋に閉じこめられて。まあ、必死に情けにすがれば、ひと目だけ空を見せてやってもいいけどな、二年に一度くらいは！」

24

青銅の怪物

ヒュラスは静まりかえった緑の山々をふりかえり、無事でいるはずのピラとハボックとエコーのことを――そしてイシのことを――思った。それから戦場へ向きなおり、剣をにぎりなおすと、突撃の合図を待った。

戦いがこんなに整然と静かにはじまるものだとは、思いもしなかった。ペリファスは高台のすぐ下に数列に分けて歩兵をならばせ、射手と投石器使いをその後ろに配置していた。攻めこんでくるカラス族に向かって、歩兵の頭ごしに矢や石を放つためだ。

もうまもなくだ。最前線にならんだヒュラスは思った。カラス族の大軍が赤い土ぼこりを巻きあげながら、せまってくる。矢を放てばとどきそうだ。鎧がきしむ音や、武器がぶつかる音も聞こえる。敵兵の顔さえ見分けられる。胸にさげたウジャトのお守りはチュニックの下にもぐりこませてある。どうぞお守りくださいとヒュラスは祈った。それが無理なら、せめてりっぱに死ねますように。

敵軍の動きが止まった。反乱軍がどよめく。カラス族の最前線から、ばかでかい二頭の黒馬に引かれた二輪戦車がゆっくりと進みでてくる。乗っているのは青銅の怪物だ。

「ファアラクス」ヒュラスのとなりに立つ男がつぶやいた。その名が、恐怖よりも速く前線をかけめぐった。

兜で顔をおおったカラス族の隊長は、人ではなく神のように見えた。感情のこもらない冷えびえとした声がひびき、コロノス一族の短剣がふりかざされる。「コロノス一族は無敵だ！　われらが敵をほろぼすことこそ、神々の思し召しなのだ！」

　ヒュラスはたじろぎ、まわりの味方もおびえたように身をすくませた。もしもファラクスの言うとおりだったら？　神々さえもが敵で、どうあがいてもカラス族を倒すことはできないとしたら？

「無敵な者などいない！」味方の前線の中央で、よく通る落ち着いた声がひびいた。アカストスがジンクスにまたがって進みでる。鎧は光り輝き、兜のてっぺんの白い馬毛の飾りが風になびいている。アカストスは剣をかかげ、味方の兵を見まわした。ファラクスとはちがい、兜の下の顔がはっきりと見てとれる。恐れを感じさせない、決然とした表情を浮かべている。力強いその声を聞いたとたん、ヒュラスは身のうちに勇気がかけめぐるのを感じた。まわりにいる男や少年たちも元気を取りもどし、武器をにぎりなおす。

「無敵な者などいない！」アカストスはくりかえし、ジンクスの背から飛びおりると、牛革の楯をわらのように軽々とかかげた。「そして、神々の思し召しを知りうる者もいない。あのファラクスにもわかりはしないのだ！　そう、あいつなどにわかるものか！　あのたいそうな鎧兜をはぎとれば、なにが残る？　ただの盗人の息子だ。ミケーネを盗んだ男のな！」

　反乱軍のあいだに、ぎこちない笑いがさざ波のように広がる。

「われこそは、まことの大族長なり！」アカストスが高らかに告げた。「われこそは、ミケーネのライオンなり！　わが戦いにみなの力を！　おのおのの農場や、釣り舟や、ブドウ畑や、村を守るために。家族や愛する者たちを守るために。さあ、あとにつづけ、みなを勝利へみちびかん！」

「ミケーネのライオンがおもどりになられた！」後ろにひかえたペリファスが叫び、一同が唱和した。「ミケーネのライオンがおもどりになられた！」

そして、戦いの火ぶたが切られた。

＊

先端にマツやにが塗られた矢が、炎をあげながらヒュラスのすぐ脇をかすめ、地面に転がった楯の上に落ちた。雷鳴がとどろく。〈父なる空〉が雲をかきまぜ、嵐を起こそうとしている。

雨が降ってくれたら、とヒュラスは思った。そうしてみんなわれに返って、なにもかも終わってくれたら。

戦場は大混乱で、どちらが優勢かもわからなかった。ヒュラスは血のにおいと、飛びだしたはらわたのあいだをよろめき歩いた。男たちが叫び、矢がヒュンヒュンうなり、槍が地面や鎧や体につき刺さる音がひびく。口はカラカラで、着心地の悪い青銅の鎧の下は汗びっしょりだが、身をすくませているひまさえない。重たい楯でぎこちなく攻撃をかわし、近づいてきた敵兵めがけてやみくもに剣をつきだしながら、味方についていくのがやっとだった。

数歩先にいるアカストスは、大麦畑を吹きわたる突風のようにカラス族をなぎはらっている。ヒュラスは追いつこうとかけだした。と、敵兵が立ちはだかり、槍をつきだした。飛びのきざま、剣をつきだしたが、切っ先ははねかえされた。敵の一撃がふたたび襲う。ヒュラスは相手の背後にまわりこみ、鎧のとじ目をねらって脇腹に剣をつき刺した。敵兵がグゥッとうなって倒れこむ。ヒュラスは食いこんだ剣を引きぬいた。相手は倒れたきり動かない。

死んだ、とヒュラスはぼんやり思った。ぼくが殺したんだ。人の命をうばった。目に流れこむ汗をまばたきでふせぎながら、アカストスのほうへよろめくように近づいた。

大族長はファラクスめざして進んでいた。ファラクスも戦車から飛びおり、つかつかとアカストスのほうへ向かっている。

敵兵のひとりが混乱にまぎれて背後から飛びかかろうとしているが、アカストスは気づいていない。ヒュラスは急いでかけより、その敵兵のふくらはぎに剣をつき立てて倒した。ペリファスもかけつけ、槍で男の息の根を止める。アカストスは助かったというように短くうなずき、さらに先へ進んだ。

ヒュラスはまたあとを追おうとした。そのとき、頭の後ろに衝撃（しょうげき）を感じた。気づいたときには、うつぶせに倒れ、地面につっ伏（ぷ）していた。目の前に黒い斑点（はんてん）がちらつき、首を血が伝い落ちる。痛（いた）みは感じないが、起きあがろうとすると、めまいがして吐（は）きそうになり、体がふらついた。

そのとき、空が暗くなった。ヒュラスはめまいを忘（わす）れ、すべてを忘れた。恐怖（きょうふ）が黒々（くろぐろ）と心をおおいつくす。おびえきった馬がいないている。逃（に）げまどう兵たちの叫び声がぼんやりと聞こえた――

「〈怒（いか）れる者たち〉だ！　〈怒れる者たち〉が来たぞ！」

25

カエルのしるし

テラモンが去ってずいぶんたっても、ヘカビは助けに来なかった。中庭をかけだしていくひづめの音が聞こえたあとは、物音ひとつしなくなった。

「ヘカビ？」ピラは声を張りあげた。「ねえ、ヘカビ、わたしはここよ！」

いったいどこにいるのだろう。きっと、テラモンがいなくなるのを待っているのだ。それとも、家来につかまってしまったのだろうか——まさか、殺された？

背後でかぎ爪の音がした。エコーが興奮してもがいたのだ。しばりつけられ、頭に布をかぶせられて、鳴き声もあげられずにいるが、それでも警戒するようにしきりに首を動かしている。これ以上、どんな危険がせまっているというのだろう。

一瞬ののち、ピラもにおいに気づいた。広間の入り口から煙が流れこんでくる。そのとたん、なぜヘカビが来ないのかさとり、谷底につき落とされたような気がした。ヘカビは東側の貯蔵庫に火をつけ、ピラも西側で同じように火を放ったと思いこんで、約束どおり、要砦を飛びだしたのだ。いまごろは丘の上で待っているはず。ピラがまだここにいて、両手両足をしばられているとは思ってもいないだろう。

「ヘカビ！」ピラは声をふりしぼった。だが、広間は要砦の奥深くだ。いくら大声をあげようと、何キュービットもの厚みがある壁にさえぎられて、ヘカビにとどくはずはない。

ピラは必死にあたりを見まわした。ナイフはテラモンに取りあげられてしまい、ほかに武器は見あたらない。そのとき、広間の入り口近くに槍が落ちていたことを思いだした。

「すぐにもどるわ！」大声でエコーに呼びかけると、ピラは横向きに転がり、床を這いはじめた。足を蹴りだし、横向きのまま這いずろうとするものの、なかなか進まない。広間の中央まで来たところで、ひと息入れた。吐く息で炉の灰が巻きあがる。皮肉なものだ。何世代にもわたり守られてきた火が、要砦全体が炎上しようとするいま、こうして絶えてしまったなんて。

必死にもがくエコーのかぎ爪の音を気にしまいとしながら、ピラはまた進みはじめた。流れこんでくる灰色の煙はしだいに濃くなり、遠くでくぐもった轟音があがる。怪物が要砦を襲っているような音だ。炎につつまれた貯蔵庫が目に浮かんだ。人の背丈ほどもある油の瓶も。勢いのいい、熱い火をおこさないと。ヘカビはそう言っていた。〈火の女神〉を崇拝するヘカビのことだから、火のことならだれよりもくわしいにちがいない。

ようやく槍のそばにたどりついた。穂先はするどい青銅でできているが、つき立てるためにつくられたものだから、ひもを切るのには不向きだ。おまけに後ろ手にしばられているので、手元が見えない。煙が目にしみ、せきが出る。だめだ、間に合いそうにない。

そのとき、廊下からはだしの足音が聞こえた。「ここよ！」ピラはかすれた声で呼びかけた。

煙のなかに人影があらわれた。

驚いたことに、そこにしかめっ面で立っているのは、沼の民の案内役のひとりだった。石ころとあだ名をつけた少年だ。「早く、ひもを切って！」

少年は顔をしかめたまま入り口に立ちつくしている。頭に巻いた魚の皮は元のままだが、顔の泥は洗い流されて、前よりも幼く繊細そうに見える。

「急いで！　エコーが広間の奥でしばられてるの。ここから逃げなきゃ」

それでも少年はためらっている。その顔にはどこか見おぼえがあった。瞳にも、大麦色の髪のふさにも……。

まさか。そう思ったとき、腰にさげているナイフが目に入った。柄にはカエルのしるしがきざまれている。

「イシなのね！」

*

イシはヒュラスと同じすんだ黄褐色の目で見つめていた。あらためて見ると、驚くほどよく似ている。ヒュラスの幼いころを見ているようだ。ただし、口をきかないところと、疑り深そうな表情はちがう。夏を十一回すごしただけだというのに、ひとりぼっちで逃げつづけてきたせいだろう。

「イシ、お願い、縄を切って！」

あいかわらずしかめっ面のまま、イシはナイフをぬいてピラの手首の縄を切りにかかった。

「どうして教えてくれなかったの」ピラはしびれた両手をさすりながらきいた。

イシは答えようとしないまま、足首の縄に取りかかる。最後の一本が切れた。ピラは立とうとしたが、足が言うことを聞かなかった。戸柱につかまって体を支える。「エコーをお願い」息があがる。

「でも、ここを出るまでは体のひもを切らないで。じゃないと、おびえて逃げだしちゃう――」

イシがじろりとピラを見た。信じられないくらいヒュラスそっくりな目が言っている――もちろんわかってるわ、ばかじゃないんだから！　そして煙をかいくぐって奥へ向かい、すぐにエコーを腕に抱いてもどってきた。

手さぐりで廊下に出ると、そこにも熱い黒煙が立ちこめていた。息をつめて進みながら、ピラはエコーが無事かどうか考えまいとした。

ようやく中庭に出た。煙はいっそう激しく渦巻き、耳をつんざくような轟音がひびいている。ピラはひざに手をついてかがみこみ、せいいっぱい空気を吸いこんだ。イシはエコーのひもを切り、頭の布もはずして、空へはなした。

エコーはたちまち元気を取りもどし、高々と舞いあがった。もう安心だ。そう思うと、しめつけられていたピラの胸もいくらかゆるみ、呼吸が楽になった。

貯蔵庫から巨大な橙色の炎があがり、いまにも屋根が焼け落ちそうだ。ところが、炎の音にまじって、ロバや馬の必死ないななきが聞こえてきた。

ふたりはぞっとして顔を見あわせた。復讐で頭がいっぱいのヘカビは、小屋の扉を開いて家畜を逃がすのを忘れたのだ。

＊

馬の背からすべりおりたピラとイシは、草むらにうずくまり、吐きそうになるほどせきこんだ。丘の下では見張り台の屋根が焼け落ち、激しい火柱が音を立てて立ちのぼっている。馬がおびえていななないた。ヘカビが手綱をにぎり、サンザシの木に結びつけた。

「これが最後の一頭ね」ピラは四つん這いのままあえいだ。

「ほら」ヘカビが水袋を投げてよこす。ピラとイシと同じように、ヘカビも煤にまみれている。丘の上でピラを待ちかねてラピトスにもどり、おびえきった家畜を必死で逃がすふたりを見つけたのだ。

ピラはひと口水を飲むと、袋をイシにわたした。イシは草むらにしゃがみこんだまま、大きな目をしばたたかせている。あいかわらずむっつりとしたままで、幼さの残る目鼻立ちのするどい小さな顔に不信の色を浮かべている。なぜか敵意さえ感じられる。

ピラはヘカビに向きなおった。「イシのこと、ずっと知ってたの？」

「知るわけないでしょ」ヘカビは燃えさかる要砦を見すえたまま答えた。「言ったはずよ、影の盗人は少年だと……そう思ってたのよ」

巨大な黒雲が空をおおい、稲妻がひらめいているが、雨の気配はない。神々もラピトスが燃えつきるのを望んでおられるのだ。

「それにしたって、まったく疑ってみなかったわけ――」

「あんたを待っていたとき」ヘカビが炎を見つめながら、ピラの言葉をさえぎった。「馬に乗ったカラス族の戦士を見た。まだ少年で、山のほうへ向かってた。あれがテラモンだったってわけ？」

激しいせきがぶりかえし、ピラはうなずくのがやっとだった。ようやく落ち着くと、しゃがれた声で、要砦での一部始終をヘカビに話して聞かせた。「コロノスが死んだの」

「死んだのね」ヘカビがにんまりした。「わたしの呪いが効きはじめたようね」

「たぶん……でも、テラモンがなにか思いついたみたい。なにをする気かわからないけど、それが成功すれば、だれも短剣にふれられなくなるって……永遠に守られるって！　たしか……」またせきが襲ってくる。

ヘカビはじれったそうにつづきを待った。イシも話を聞こうと身を乗りだしている。

ピラはテラモンの言葉を一気に伝えた。「たしか、短剣を先祖に捧げるって言ってた。どういう意味だと思う?」

ヘカビの黒い瞳のなかで炎がおどる。「〈先祖が峰〉よ。イシ、リュカス山のことにはくわしいんでしょ。やつらの墓より上の、山頂のところに裂け目があるというのは本当? 山の中心の、底の底までつづいているっていう」

イシがうなずく。

「それよ! そこへ短剣を投げ入れたら――」

「二度と取りだせなくなっちゃう!」ピラは叫んだ。「永遠に先祖たちの手で守られることになるわ」

ふたりは目と目を見交わした。

「でも、テラモンが短剣を手にできるとはかぎらない」ピラは言った。「戦場の真っただなかでファラクスを見つけて、短剣をうばわないといけないわけでしょ。そんなことができると思う?」

「たしかに。でも、そうなりそうな予感がする。運命のいたずらで」

頭上を舞うエコーを見あげながら、ピラはいそがしく考えをめぐらせた。ヘカビの言うとおり、テラモンが短剣を手に入れたら、こちらも山にのぼって、裂け目に投げこむのを止めないといけない。でも、山頂への行きかたがわからない。

次の瞬間、ピラはパチンと指を鳴らした。「イシなら道を知ってるわ! イシ、わたしたちをそこまで案内……イシ? イシ!」

イシは消えていた。

26

復讐の精霊

兵士たちのどよめきは遠ざかり、ヒュラスの耳に聞こえるのは、自分の乱れた息づかいだけだった。頭上には〈怒れる者たち〉が円を描いて飛びかっている。これほどはっきりと姿を見るのは初めてだ。ばかでかい翼に、ヘビのようにくねる首、ざっくり裂けた傷のような、真っ赤な口。

頭をなぐられて倒れたときのまま、ヒュラスは地面に横たわっていた。足もまだ言うことを聞かない。少しはなれたところに、ファラクスとアカストスが立っている。アカストスは〈怒れる者たち〉を見あげてひるんだのか、雄々しい顔を不安げに引きつらせた。だが、首にさげたヘカビのお守りは無事だ。勇気をふりしぼるように、力強い足取りで敵へ歩みよっていく。ファラクスのほうは、復讐の精霊を気にとめるようすもない。コロノス一族の短剣があるかぎり、恐れるものなどないのだ。

ファラクスのほうがアカストスより頭ひとつぶん背が高く、その頭を大きな首当てと角のついた兜でおおっている。軽装のアカストスのほうが身軽で、前後左右にすばやく動き、ファラクスをきりきり舞いさせている。

アカストスは両手を使えるように楯の持ち手を左腕に通した。敵をまどわせようと剣を右に左にと持ちかえる。ファラクスも同じように楯を左腕に通したが、こちらは一族の短剣にくわえて、三人の男が両腕を広げたほどの長さのりっぱな槍を持っているから、そのぶん遠くから攻撃できる。

槍がつきだされた。アカストスがかわすと、ファラクスは短剣で切りかかる。が、刃先はアカストスの鎧に描かれたライオンをかすめただけだった。目にもとまらぬ速さで剣と槍とがぶつかりあう。

とつぜんアカストスがひざをついた。ヒュラスの心臓が凍りついた。アカストスは脇腹をおさえている。ファラクスの槍がつき刺さったのだ。

「アカストス！」ヒュラスは叫び、必死でひざを起こした。

ファラクスが大族長を見おろし、短剣をふりかざす。

「アカストス」ヒュラスの声はかすれた。

だが、ファラクスがとどめを刺そうとしたとき、アカストスが痛みに歯をむきだしながら剣をかかげ、真上につきあげた。切っ先が相手の股を刺しつらぬく。ファラクスがすさまじいうめき声とともに後ずさった。短剣が手からふっ飛び、ヒュラスのいる場所から少しはなれたところに落ちる。ヒュラスはよろめきながら立ちあがり、そこへ近づこうとした。だが、ファラクスも、短剣に這いよろうとする。息絶えてはいないのだ。

目の端に、ファラクスの槍を拾うアカストスが見えた。力をふりしぼり、アカストスが槍を投げる。ヒュンと音を立てて飛んだ槍は、ファラクスの鎧と肩当てのあいだの細いすきまから急所をつらぬいて、地面につき刺さった。

アカストスはあおむけに倒れ、食いしばった歯のすきまから荒く息を吐いた。ファラクスは広がっていく血の海のなかで、断末魔の苦しみにもだえている。その指が短剣のすぐそばの地面を引っかき——やがて動かなくなった。こと切れたのだ。

ヒュラスは死体のまわりに広がった血を見つめた。位の高いカラス族の生き血……。

頭上では〈怒れる者たち〉が旋回をつづけている。なぜ舞いおりてきて、血をむさぼらないのだろう。十五年ものあいだ、アカストスは弟の霊をなぐさめ、〈怒れる者たち〉からのがれるために、位の高いカラス族の血を捧げようと苦労してきた。なのに、なにがじゃまをしているのだろう。

そのとき、大族長の胸にさげられたヘカビのお守りが目に入った。〈怒れる者たち〉はあれを恐れているのだろうか。

コロノス一族の短剣はあとまわしだ。ふらつきながらアカストスのそばへ行くと、ヒュラスはしゃがみこんで胸のお守りを引きちぎり、思いきり遠くへ投げすてた。

「空気と闇の精霊たちよ！」ヒュラスは叫んだ。「ここにあるのは、コロノスの息子、ファラクスの血だ！　飲むがいい、そして、アカストスを永遠に自由にしてくれ！」

巨大なハゲワシのように、〈怒れる者たち〉がいっせいに空から舞いおりた。シュッというしなやかな翼の音、焼けこげた肉のにおい。ヘビのような首が、横たわるファラクスの深紅の血だまりにのばされる。復讐の血をむさぼる、ぞっとするような音がひびく。

やがて、ひしめきあう巨大な翼ごしに、灰色の人影が見えた。ひとりの戦士がひざをつき、かがみこんで、飢えたように血をなめまわしている。ヒュラスは胸のウジャトをにぎりしめたまま、目をそらせなかった。

殺されたアカストスの弟の幽霊は、大族長によく似ているが、年は若く、右手の小指が欠けていた。ゆっくり上体を起こすと、くちびるの血をなめとり、まだみたされないようすで視線をさまよわせる。そしてもう一度血だまりに顔をつっこんだ。

シュッと音を立てて〈怒れる者たち〉が舞いあがり、リュカス山のほうへ飛び去った。

アカストスがうめいた。真っ青な顔で、目は閉じられたままだ。

「もうだいじょうぶです」ヒュラスは涙ぐんだ。「罪をつぐなったから、〈怒れる者たち〉はいなくなった。安心してください！」

アカストスは痛みに顔をゆがめ、やはり目を開こうとしない。ようやくつぐないの日々が終わったのに、生きてそれを喜ぶことはできそうにない。

涙をこらえながらひざまずき、父のようにしたう男を見おろしていると、戦いの音が耳に飛びこんできて、ようやくヒュラスはわれに返った。コロノス一族の短剣がすぐそばに転がっている。「気をつけろ、ヒュラス」と背後でペリファスの声がした。そのとたん、カラス族の戦士が煙のなかからぬっとあらわれ、アカストスにとどめを刺そうと槍をふりあげた。

ヒュラスはアカストスの楯をつかんで攻撃をかわした。敵兵はペリファスの剣に背中を刺しつらぬかれて悲鳴をあげ――倒れて死んだ。ヒュラスを下じきにして。

少しのあいだ、ヒュラスは息がつまって身動きができなかった。ようやく手をのばして短剣をつかもうとしたとたん、全速力でかけてくる馬のひづめの音が聞こえた。

馬だって、とヒュラスはぼんやり考えた。でも、ジンクスならアカストスがおりたあと、どこかへ逃げだしたはずだ。たしかにこの目で見たのに……。

死体がおおいかぶさっているせいで馬上の人間は見えないが、近くでひづめの音が止まったのがわかった。男が馬から飛びおり、近づいてきた。テラモンだ。

ヒュラスが混乱しているうちに、テラモンは短剣を見つけ、そちらへ歩みよった。目当てのものに気を取られ、死体の下じきになったヒュラスには気づいていない。短剣を拾いあげ、ぴくりとも動かないファラクスとアカストスのほうを冷ややかに見やった。そしてまた馬の背に乗り、高々と短剣をかかげた。

「アカストスは死んだ！」と大音声をあげる。「ファラクスもういない。このテラモンこそが、アカイア全土を支配する大族長だ。見るがいい、コロノス一族の短剣はここだ！」

カラス族から歓声があがり、反乱軍は絶望の叫びをあげた。

後ずさりする馬をおさえると、テラモンは副官に命じた。「イラルコス、おまえが指揮をとれ、敵を討ちはたすんだ！　ぼくは短剣を安全な場所へ持っていく！」

ヒュラスが起きあがるより先に、テラモンは勝利の雄たけびをあげ、コロノス一族の短剣をふりかざしながら、戦場をかけぬけていった。

27

〈先祖が峰〉

ピラは土ぼこりを巻きあげながら、馬の手綱を引いた。眼下の平原は騒然としている。戦場はすぐそこだ。

体が休みたいと悲鳴をあげ、ラピトスから全速力で走ってきた馬も、苦しげに息を切らしている。日没はまだのはずだが、雷雲におおわれたリュコニアの空は不吉なうす暗がりにおおわれている。おまけに、息苦しいほど暑い。じきに嵐になるはずだ。

どこかで叫び声があがった。「ぼくは短剣を安全な場所へ持っていく！」テラモンだ。勝利の雄たけびがひびく。

急いであたりを見まわしたが、姿は見あたらない。二度目の叫び声はずっと遠くから聞こえた。ピラは歯ぎしりをしながら、戦場へ馬を急がせた。

戦いの音が大きくなる。茶色くくすんだ煙の向こうに、たたき割られた楯や、あちこちであがる火の手が見えてくる。手足を投げだして倒れた者、激しく身を引きつらせている者。カラス族と反乱軍がおしあい、ぶつかりあっている。ヒュラスはどこ？

いた。ピラの右側の、五十歩とはなれていないあたりだ。反乱軍の仲間といっしょに、戦場のはずれに向かっている。兜はなくなり、顔は血まみれで、けわしい顔をしてはいるけれど、生きている。足を引きずりながら黒いたてがみの馬の横を歩いていて、その馬の背にはアカストスが乗せられている。生死はわからない。

　ピラがそちらへ馬を進めると、ペリファスが煙のなかから飛びだして、アカストスの髪をかきあげ、顔をのぞきこんだ。

「まだ息がある！　ノミオス、安全な場所へお運びしろ。残りの者はいっしょに来い！　まだ負けちゃいないぞ、大事なものを守りたければ、戦うんだ！」

　ヒュラスが返事をする。「でもテラモンに短剣を取られてしまって。止められなかったんです！」

「どこへ持っていったか知ってるわ！」ピラはそばへ急ぎながら叫んだ。

　まわりからまじまじと見つめられたとたん、自分のひどい格好を思いだした。髪はくしゃくしゃ、体は煤だらけ、おまけに乗っているのは、汗まみれのよれよれの馬だ。

「先祖に捧げようとしてるのよ。ヘカビの話だと、〈先祖が峰〉の裂け目に投げこむつもりだって。そうなったら、永遠に手出しできなくなっちゃう！」イシもそれを止めようとして〈先祖が峰〉に向かったはずだとつづけようとしたが、思いなおした。一度は妹が見つかったのに、またはぐれてしまったと知ったら、いまのヒュラスにはきっとたえられない。

「ヘカビは正しい」ヒュラスの口調が変わった。「テラモンはそうするつもりだ。〈先祖が峰〉に短剣を投げ入れに行ったんだ」

「峰への行きかたは知ってる？」

　答えはなかった。ヒュラスはピラの馬の疲れ具合をたしかめている。なにを考えているかは明らかだった――山にのぼらせるのはとうてい無理だ。

そっとおろした。

「ジンクスを使え」ペリファスが言った。「アカストスさまは、そっちの馬に乗せる」すぐに馬を交換することになり、ペリファスは傷ついた大族長を、黒いたてがみのジンクスから
ヒュラスがピラにあごをしゃくった。「先に乗るんだ」

「え？　でも、ふたりで乗ったらおそくなっちゃう――」

「きみを戦場に置いていけやしないだろ！」ピラをジンクスの背におしあげると、ヒュラスもその後ろによじのぼり、手綱をにぎった。

ヒュラスの正しさを証明するかのように、背後で怒号がとどろき、カラス族の戦士たちが猛然と攻めよせてきた。軍勢を率いているのは、ピラも見知ったイラルコスだ。命知らずの剛の者だと、反乱軍にも知れわたっているようだ。ファラクスが死んだとはいえ、短剣はテラモンの手のなかにある。汚れきった反乱軍一同の顔に疲れがにじむのがわかった。ペリファスでさえ肩を落としている。

「あの丘の向こうで燃えてる火が見える？」鼻を鳴らして足踏みするジンクスの背の上でピラは言った。「ラピトスよ、コロノス一族のかなめに、火をつけてやったわ！　それに、みんな聞いて。コロノスは死んだの！」

「死んだ？」信じられないという顔でペリファスが叫ぶ。

ピラはうなずいた。「本当よ。この目で死体を見たわ！」

ペリファスは目を輝かせて剣をかかげた。「コロノスが死んだぞ！」その叫びを聞いた反乱軍が唱和する。「コロノスが死んだぞ！」

「しっかりつかまってろ」耳元でヒュラスの声がした。ピラがジンクスのかたくて黒いたてがみをにぎると、ヒュラスは手綱を引いて馬の向きを変え、かかとで脇腹を蹴った。

「ジンクスに乗ったままどこまで行けると思う？」ピラは息をはずませた。

「あの尾根のてっぺんまで。そこから先は坂がきつくなるから、ぼくは歩いていかないと」

ぼくらではなく、ぼくと言われたことに気づいたが、ピラはだまっていた。テラモンがこの道を選んだのはたしかかときくと、ヒュラスは答えた。「これがいちばんの近道だし、足跡もついてる」

背の高いマツ林に入ったとたん、小道は石ころだらけになり、ジンクスの足取りがぐんとおそくなった。ふたりを乗せているせいで、早くもくたびれてしまったらしい。何度もつまずき、そのたびにふたりともふり落とされそうになった。

*

イシを見つけたことをヒュラスに言おうか。そう思うのはもう十回目だった。伝えるべきなのはピラにもわかっている。でも、そうしたらどうなるだろう？　そちらに気を取られたせいで、危険をまねいてしまうかもしれない。いまは生きのびることに全力をつくさないと……。

小川のほとりにたどりつくと、ふたりは同時に馬の背からすべりおり、しゃがみこんで水を飲んだ。ジンクスも流れに顔をつっこんで、むさぼるようにのどをうるおす。

雷鳴がとどろき、ジンクスがびくっと頭をあげた。「なんで雨が降りださないんだろう」ヒュラスがぼそりと言って、ピラを見た。「本当にラピトスに火を放ったのか？」

ピラは手の甲で口をぬぐった。「やったのはヘカビで、わたしは手伝っただけ。ヘカビはまだラピトスにいる。先に馬で行ってあなたに伝えてって言われたの」

「コロノス一族のかなめが焼け落ちた……」ヒュラスがつぶやいた。「でも、お告げがそのことだとしても、まだぼくは短剣をふるってない」

「ええ、まだね」

ヒュラスが立ちあがり、ハボックを見たかときいたので、ピラはうなずいた。「エコーもいっしょだった。嵐が待ちどおしそうだったわ」にっと笑ってみせたが、ヒュラスは笑みを返さなかった。疲れのせいでほおはこけ、目の下にはくまができている。そんな顔を見るのは初めてだ。戦場でどれほど恐ろしいめにあったのだろうとピラは思った。

そのとたん、やはりイシのことを話さなくてはと気づいた。せめて、妹は無事だと知らせてあげないと。もしも……もしも、ヘカビの予言が本当になって、ヒュラスが死んでしまうなら。

「ヒュラス、言っておきたいことが――」

「このままふたりが乗っていたら、ジンクスがもたない」ヒュラスがさえぎった。

「え？」

「わかってるだろ」ヒュラスはきっぱりと言い、手綱を手に取った。「きみは残ってくれ、ピラ。ここなら安全だから。ぼくはひとりでテラモンを追う」

暑いはずなのに、寒けがした。「なら……早く行ったほうがいいわ」声がふるえた。

一瞬、目と目が合った。ヒュラスはそっけなくうなずくと、馬の背に乗ろうとして――くるりとふりかえると、ピラを両腕に抱きしめた。鎧が当たって痛かったが、ピラは気にしなかった。ヒュラスのにおいを感じる。森と馬と汗のにおい。顔をあげてくちびるをおしあてると、ヒュラスもぎゅっと口づけを返した。それから、ジンクスの背に飛びのって、走り去った。

ピラは意地を張って下を向いていた。後ろ姿を見送るなんてたえられない。すぐに思いなおして顔をあげたが、あとの祭りだった。すでにヒュラスの姿はマツ林のなかに消えていた。

ピラは鼻をすすり、指で涙をぬぐった。しゃがみこんでサンダルのひもを結びなおす。それからヒュラスを追って歩きはじめた。
そのときようやく、自分の胸にヒュラスのウジャトがぶらさがっているのに気づいた。ヒュラスが別れぎわに首からはずしてかけたのだろう。自分はいま、強力なお守りに守られている。ヒュラスにはなにもない。

*

馬は疲れはててふらついているが、テラモンはその脇腹を棒で打ちつづけていた。めざす場所はすぐそこだ。もうだれにもじゃまはさせない。コロノスは死んだ。ファラクスも、ミケーネのライオンと呼ばれたアカストスも死んだ。神々はこのテラモンを支配者に選ばれたのだ。

顔をあげると、黒雲のなかに、血のように赤い〈先祖が峰〉がそびえていた。はるか下には燃えさかる橙色の炎が見えている。少し前に、炎上するラピトスのそばを通りすぎたとき、おびえた馬が尻ごみをした。一瞬、テラモンもひるみかけた。〝コロノス一族はほろびるだろう〟とお告げは言っていた……。

でも、短剣を手にしているのはこのぼくだ、ヒュラスじゃない。テラモンは心のなかでつぶやいた。ラピトスが焼け落ちたからといって、どうということはない。建てなおせばすむことだ。前よりも大きく、りっぱなものを。

置きざりにしたピラのことを思うと、ちらりと良心がうずいたが、やむをえなかったのだと思いなおした。死ぬのがあいつの運命だったのだ。ぼくのせいじゃない。

雷鳴がとどろき、目もくらむような稲光のなかに、道のつきあたりが見えた。馬が後ずさり、あやうくふり落とされかけたテラモンは乱暴に手綱を引いた。

そのとき、それが目に入った。だれかが――なにかが――道の先にうずくまっている。うす暗がりのなかにしゃがんだ小さな体、目鼻立ちのするどい灰色の顔。黄褐色の瞳が、大麦色の前髪のあいだからテラモンをにらんでいる。

「イシなのか？」声がしゃがれた。でも、そんなはずはない。イシは死んだ。死んだはずだ。

と、頭上で巨大な翼がシュッとはためいた。おびえていななく馬を、テラモンはどうにかおさえた。もう一度道の先を見やったとき、イシは消えていた。

馬から飛びおりると、テラモンはイシがいた場所へかけよった。足跡もなにもない。心臓がひやっとした。まさか、幽霊？

短剣をぬいて、やみくもにふりまわす。父の幽霊もここにいるのだろうか。アレクトの霊も？ファラクスとコロノスのも？

「ぼくは手をくだしてない！」声がかすれた。「死んだのは、神々の思し召しだ！」

さらに雷鳴がとどろき、稲妻が走る。テラモンは渦巻く黒雲に目をこらした。〈怒れる者たち〉がそこで旋回してはいないだろうか。ここまで追ってきてはいないだろうか。

手の指輪が目に入ったとたん、勇気がみなぎった。〈怒れる者たち〉だろうと、だれだろうと、自分に手は出せまい。最後に残ったヒュラスもはるか下の平原にいて、いまごろはもう討ちはたされているかもしれない。

まわりで稲妻がひらめくたび、青銅の鎧がビリビリとふるえ、短剣のパワーが全身をかけめぐる。迷いは消えた。短剣を〈先祖が峰〉の裂け目に投げこむのはつらいが、やるしかない。

自分はミケーネの大族長、テラモンだ。不可能なことなどなにもない。

28

小さい子を追って

雌ライオンは大岩の上に飛びのり、しきりに鼻をひくつかせた。斜面の下では、小さい人間の子がマツ林のなかを歩いているが、まわりの危険にはまるで気づいていない。

〈上〉で燃えさかる火のせいで、雌ライオンのかぎ爪はぞくぞくとうずき、毛もさかだっていた。じきに〈上〉で怒っているだれかが水をぶちまけるはずだ。生き物たちはみんな洞穴や森にかくれているのに、小さい子だけは、馬に乗った邪悪なカラス人間を脇目もふらずに追っている。いったいなぜ？　山の上になにがあるというんだろう。

いらだって尾をくねらせながら、雌ライオンはその子のあとを追った。わざわざ危険に近づいたりしないで、じっとしていてくれたらいいのに！　少女とカササギみたいなたてがみの女のそばなら安心だから、そこへ案内してあげたのに、その子は物陰から見ているだけだった。おまけに、よりによって、炎をあげるカラス人間のねぐらにしのびこむなんて。

ついさっきも、あやうく馬に踏みつぶされるところだった。雌ライオンがつきとばしてしげみにおしこんだものの、まだこりていないらしい。カラス人間のピカピカ光る大きなかぎ爪を恐れるようすもない。そのあとを追う、もっと恐ろしい者たちにも気づいていないようだ。

かった。

〈上〉でうごめく悪霊たちの気配はたびたび感じていた。えたいの知れないつんとしたにおいも。生き物なら平気な雌ライオンも、〈上〉にいる翼の生えた悪霊だけはこわかった。

ふしぎなことに、人間たちは悪霊がそばに来ると、馬と同じようにおびえだすくせに、姿が見えてはいないようだった。少し前にも、カラス人間は〈上〉に向かって必死にかぎ爪をふりまわしていた。すぐ後ろの、前足をのばせばとどくあたりの大岩の上に悪霊がいるのに、まるで気づいていなかった。

小さい子もおびえているようだが、それでも、本当のこわさをわかってはいない。悪霊たちはいい人間と悪い人間を区別しない。じゃまする者は容赦しないのだ。

小さい子が道を曲がって見えなくなったので、雌ライオンは足を速めた。鼻を刺すような濃いにおいが山の斜面全体に立ちこめている。ばかでかい翼のはためきと、かぎ爪が地面を引っかく音も聞こえる。

道を曲がったとたん、悪霊たちの大群が目に入ってぞっとした。二、三度ジャンプすればとどく場所に大岩が立ちならび、その上に黒っぽい影がむらがっている。小さい子は気づいていない。真っすぐそちらへ向かおうとしている!

雌ライオンは坂をかけあがった。小さい子の前に飛びだして悪霊たちに吠えかかり、両方の前足をふりかざした。悪霊たちはばかでかい翼を広げ、かんだかい叫びをあげながら、燃えるような息を吹きかけてくる。でも、飛びたとうとはしない。自分ひとりでは追いはらえそうにない。

吠えて威嚇しつづけながら、雌ライオンはくるりと後ろを向き、前足で小さい子を坂の下へつきとばして、イバラのしげみに飛びこませた。うなり声をあげてその子が這いだしてくる。ぷりぷり怒りながらもおびえているのがわかるが、まだこりないのか、あいかわらず危険なほうへもどろうとする。

雌ライオンは坂をかけおり、小さい子を強くおしもどした。ちがう、そっちはだめ！　小さい子も抵抗しようとおしかえしたが、むだだった。雌ライオンにしてみれば、葉っぱにおされたようなものだ。

雌ライオンは毛皮の生えていない小さな前足をやさしく嚙んで、引っぱった。ようやく意味が通じたのか、小さい子は悪霊たちのいる大岩をまわりこむように坂をのぼりはじめた。あとについて歩きはじめると、ヘビのように長い首がこちらに向けられるのが見え、翼をたたむシュッという音も聞こえた。危険は去った――当分のあいだは。

群れのもとにもどるまで、この子を守らないといけない。でも助けが必要だ。悪霊たちを相手に、ひとりでは戦えない。空だって飛べないのだから。

＊

ハヤブサはとびきりの獲物をつかまえた。全速力で急降下して、丸々と太ったハトに一撃を食らわせ、獲物が地面にぶつかる寸前、かぎ爪でそれをひっつかんだ。そして岩の上に舞いおりて、胸の羽毛をむしり、しょっぱくて甘い肉に食いついた。すっかりおなかがふくれ、体が重たくなった。しばらくして大きな骨と羽根のかたまりを吐きだし、特大の糞をすると、また身軽になった。いまならなんでもできそうだ。

やっかいなアリはいないし、ふるえも恐怖も消え、自分らしさを取りもどせた。なにより、目かくしされていないし、羽根一本も動かせないほどがんじがらめにされてもいない。もうだいじょうぶ。いまはまたハヤブサにもどり、大空のわが家に帰ってこられた。

それに、嵐(あらし)も楽しくてたまらなかった。稲光(いなびかり)が鼻先をくすぐり、翼の付け根もぞくぞくする。風の流れは気まぐれで、雲のかたまりや空気の渦(うず)があちこちにある。それをよけたりつっ切ったりするのに夢中(むちゅう)だった。

はるか下の平原では、あわれな飛べない人間たちがしきりに争っている。なんてのろまな動きだろう。それにひどく怒(おこ)っている。山頂(さんちょう)近くにもだれかいる。くさくて黒い翼でハヤブサをつかまえてしばりつけた、無礼で邪悪(じゃあく)なカラス人間だ。ぶるっと身ぶるいすると、ハヤブサはその頭上を横切った。相手はもちろん気づかない。ずっと下を向いたままだからだ。山にのぼる人間はみんなそうだ。

ハヤブサは鼻で笑うと、風をつかまえて横向きに空をすべり——あぶなくコウモリそっくりの翼をした悪霊の大群(たいぐん)につっこみそうになった。

あわてふためいたハヤブサは必死に逃(に)げた。悪霊たちは気づきもしないように、かんだかい声をあげ、黒くて長い首を曲げて、地上を歩くちっぽけなカラス人間を見おろしている。

ハヤブサはこわかった。このまま飛んで逃げて、どこかへ行ってしまいたかった。ここと同じくらい住み心地(ごこち)がよくて、悪霊のいない山はいくらでもある。ほんのひとっ飛びで、どこへでも行けるのだ。

でも、少女はこの山にいて、頂上(ちょうじょう)をめざしている。少年もだ。その妹で、自分を火のなかから救いだしてくれた子も。そばには雌ライオンまでいる。いつもなら助けなどいらない雌ライオンも、いまはようすがちがう。今回ばかりは助けを求めているらしい。

風に乗って舞いあがったハヤブサは、少女がカラス族を恐(おそ)れているのを感じた。少年のことを痛(いた)いほど心配しているのも。少女が不安になると、自分も不安になる。それがいやでたまらなかった。

雷鳴(らいめい)がとどろき、稲妻(いなずま)が走る。ついに雲がはじけ、激(はげ)しい雨が降(ふ)りだした。

ハヤブサはしかたなく風切り羽をかたむけて向きを変え、山のほうへ引きかえした。

翼をたたみ、悪霊たちの恐ろしいにおいのなかへつっこむ。けたたましい叫び声が耳をつんざき、恐怖が心臓をえぐる。悪霊たちの羽の生えていない黒こげの大きな翼に雨粒が当たり、ジュッと音を立てて煙に変わる……。

ハヤブサはこの世のどんな生き物よりも――悪霊よりも――速く飛べる。でも向こうは大群で、そしてばかでかい。

あんなに恐ろしいものを相手になにができるだろう。たとえハヤブサであっても。

29

戦士対よそ者

ヒュラスが十一歳のときのことだ。親友のテラモンが、〈先祖が峰〉にのぼるからつきあわないかと言いだした。

〈先祖が峰〉は立ち入りを禁じられていて、ずっと近よらずにいたが、だからこそ興味をそそられた。ヒュラスはイシにヤギの見張りをまかせ、テラモンとともにめったに人の通らない山道をのぼった。てっぺん近くの山の肩に出ると、ふたりは赤黒い峰をあおいだ。まわりには黒々とした背の高いマツが風にざわめきながら、なにかを守るように立っていた。岩肌の斜面を掘りこんでつくられた細長い戸口が見えた。

「あれが先祖の墓だ」テラモンが小声で言った。

「先祖ってだれの?」

「はっきりとは知らないけど、たぶんぼくの家族の。父さんは一族のことをなにも話してくれないんだ。北のほうにいるってことしか。たしか、ミケーネとかいう場所だ」

「へえ」ヒュラスは峰を見あげた。「ほんとにあそこまで行く気か?」テラモンはヒュラスよりもひとつ年上で、たくさん食べているから体も大きかった。それでも、行くのはたやすくなさそうだ。

てっぺんにたどりつくには、むきだしの岩肌を墓の上までよじのぼり、さらにその上に掘りこまれた階段をあがるしかない。おまけに頂上付近の地面には、神かだれかが斧でたたき割ったような裂け目があって、そこをわたらないといけない。風に吹きとばされないよう、注意する必要もある。

テラモンは印章をいじくりながら、コホンとせきばらいをした。「きみも来てくれるなら、のぼろうと思う」

ヒュラスはちらっとテラモンを見た。それからにやっとしてみせた。「わかった。つきあうよ！」

そうして、ふたりはのぼりはじめた。晴れわたった春の朝のことだった。日ざしを浴びて熱くなった岩をよじのぼると、ツバメが頭上をシュッと横切った。ヒュラスは心臓を波打たせながら、興奮と緊張の両方を感じていた。無事にのぼり終えて、マツの木立のそばまでようやくもどると、ふたりは背中合わせにへたりこみ、はじかれたように笑いながら、永遠の友情を誓いあった——。

稲妻がひらめき、ヒュラスの鎧をふるわせた。次の瞬間、雷鳴が雲を切りさき、ついに雨が降りだした。あっというまにずぶぬれになり、小道が泥水の川に変わる。鎧のふるえはまだおさまらない。と、頭のなかでかすかな記憶がちらついた。前にアカストスからなにか聞かされたような……だが、はっきり思いだす前に、それは消えてしまった。

まわりの木々は強風にあおられ、うなりをあげながら激しく揺れている。どこか下のほうでジンクスがいなないた。それに応えるように坂の上からいななきがひびいたかと思うと、乗り手を失ったテラモンの馬が必死にかけおりてきて、あやうくヒュラスを蹴とばしかけた。

テラモンはもう上にいるらしい。裂け目に短剣を投げ入れて先祖に捧げる姿が見えるようだった。

ようやく黒いマツの木立にたどりついた。テラモンは見あたらない。雨をよけて目を細めながらあたりを見まわすと、コロノス一族の墓の入り口が見つかった。雷に打たれたマツが一本、戸口のてっぺんにななめに倒(たお)れかかっている。枝(えだ)は折れているが、はしごのかわりになる。

また稲妻が光った瞬間、倒れかけたマツの根元にテラモンが見えた。ヒュラスには気づいていないようで、コロノス一族の短剣を捧げ持ち、名残(なごり)おしむような、ためらうような表情(ひょうじょう)を浮(う)かべている。てっぺんにのぼって、大事な宝(たから)を投げ入れる決意をかためようとしているのだろう。

と、ヒュラスの視線(しせん)に気づいたのか、テラモンがふりかえり、剣(けん)をぬいた。

ヒュラスも、剣とエジプトでもらったナイフをすでにぬいている。おたがい、武器(ぶき)は二本ずつだ。

「互角(ごかく)だな」そう呼(よ)びかけながら、ヒュラスはかつての親友に近づいた。

「どこが」テラモンがせせら笑う。「ぼくは戦士だ。おまえはただのよそ者――」

「でも、ぼくは戦場に出た。そっちはまだだ」

テラモンが剣をつきだした。ヒュラスは飛びすさったが、じゅうぶんではなかった。テラモンに手を蹴りつけられ、剣がふっ飛ぶ。音を立ててそれが坂道を転がり落ちると、テラモンがにやりとした。「これで互角じゃなくなったな」

銀色の雨粒(あまつぶ)に鎧を打たれながら、ふたりは円を描(えが)いて間合いをはかった。ヒュラスがナイフをつきだすと、テラモンは片(かた)ひざをついて剣を落とした。ヒュラスがナイフでそれをたぐりよせる。が、勢(いきお)いあまって剣は斜面(しゃめん)を転がり落ちた。

テラモンはすかさず墓の上をめざしてマツの幹(みき)をのぼりはじめた。

「ぼくならやめとくけどな、テラモン！」ヒュラスはあとを追いながら叫(さけ)んだ。「その短剣を裂け目に投げこんだら、武器がなくなるぞ！　すぐに追いついて、やっつけてやる！」

「だがな、短剣を先祖に捧げれば」テラモンが息をはずませながらふりかえる。「ぼくは無敵(むてき)になるんだ！」

ヒュラスは高笑いをひびかせた。「そんなあぶない賭けに出るのか？　こっちにはナイフがあるのに、素手で戦う気か」

テラモンは返事をせず、折れた枝だらけのつるつるした幹をよじのぼっていく。

ヒュラスも半分ほどのぼったとき、テラモンの頭上でなにかが動いた。降りしきる雨ごしに、ずぶぬれのハボックが見えた。雨でぬれてすべりやすくなった岩の上にあぶなっかしく立っている。そのすぐ下で、テラモンを待ち伏せするかのように、ナイフをにぎった人影がうずくまっている。

時が止まった。ヒュラスは風も雨も忘れ、テラモンさえも忘れた。大麦色のぼさぼさの髪、けわしい表情を浮かべた小さな顔。二度前の夏から見ていなかったその姿を、ぼうぜんと見あげた。

イシもぽかんと口を開けて見おろしている。

ヒュラスは、名前を呼ぼうとくちびるを動かしたが、声が出てこない。イシ……。

「ヒュラス、あぶない！」下のほうからピラの叫び声がした。

とっさに脇によけると、首をねらったテラモンの短剣は、鎧をかすって手首に当たった。取り落としそうになったエジプトのナイフをテラモンが引ったくって得意げに叫んだ。「これでこっちは武器がふたつだ。そっちは素手だぞ！」ぐらつく幹にしがみつきながら、テラモンがまた短剣をつきだす。だが、それより早くヒュラスは安全な場所までさがっていた。

「臆病者め！」テラモンがあざけりながら、さらに木をよじのぼる。と、イシに気づいてたじろいだ。イシが岩の陰に逃げこむ。ハボックがテラモンに飛びかかった。だが間合いをつめきれず、とどかない。ハボックはつるつるした地面をかぎ爪で必死に引っかきながらすべり落ち、頂上の向こうへ消えた。ヒュラスはぞっとした。

息をのんで待った。ハボックはのぼってこない。向こう側はどうなっていただろう。木々が生えていて、落ちるのをふせいでくれただろうか。それとも、さえぎるものひとつない、切り立った絶壁だっただろうか。

頭上では、テラモンが勝利の雄たけびをあげている。「神々はぼくの味方なんだ、ヒュラス！　これでライオンにも助けてもらえないぞ！」そう言って、マツの幹から岩肌に掘られた階段へ飛びうつり、ヒュラスもろとも幹をおし倒そうとした。

ヒュラスもすんでのところで階段に飛びうつった。だが、下のほうでピラの悲鳴があがった。ピラも飛びのいたが間に合わず、片足が折れ残った大枝の下じきになったのだ。地面に倒れ、這いだそうともがいている。でも、助けには行けない。テラモンが裂け目にたどりつくのを止めないと。

ヒュラスが階段をのぼりはじめたとたん、空がにわかに暗くなり、無数の巨大な黒い翼が〈先祖が峰〉をおおった。〈怒れる者たち〉のくさい息が肺をこがす。叫び声が耳をつんざき、恐怖で心臓を凍らせる。〈怒れる者たち〉はそこらじゅうにいて、上にいるテラモンにも、岩陰にかくれたイシにも襲いかかろうとしている。墓のそばまで舞いおりて、ピラをねらう者までいる。

テラモンは恐怖にかられたように、両手に持ったヒュラスのナイフとコロノス一族の短剣をふりまわしている。〈先祖が峰〉の裂け目は目の前だ。そこにはリュカス山の底へとつづく深々とした穴が口を開けている。

そのとき、絹を裂くような音がひびき、黒い稲妻が目の前を横切った。そばにいた〈怒れる者たち〉が、石をもくだきそうな叫びをあげながらふたつに分かれる。エコーはひらりと向きを変えると、また攻撃を開始した。するどい鳴き声をあげ、すばしこく反撃をかわしながら、岩陰のイシにむらがる敵を追いはらい、すかさず墓へ舞いおりて、ピラを襲おうとする者たちを蹴ちらす。

〈怒れる者たち〉はさらに数を増しながら、巨大なハゲワシのように峰の上を旋回している。「ねらわれてるぞ、テラモン！」ヒュラスは背後から呼びかけた。「見えてないんだろうが、ぼくには見える。〈怒れる者たち〉にかこまれてるぞ！」

「うそだ！」テラモンがわめいた。だが、顔を恐怖にゆがめ、長い髪をふりみだしている。

「きみはねらわれてるんだ、アレクトをワニに食わせたから！」

「ぼくが手をくだしたんじゃない！〈怒れる者たち〉だって、なにもできるもんか。こっちには鉄の指輪があるんだ！」

また稲妻が光り、ヒュラスの鎧をふるわせた。そのときようやく、アカストスに言われたことを思いだした。タラクレアの鍛冶場で聞かされた言葉だ——青銅には雷を集めるはたらきもある……。

テラモンはあと数歩で裂け目にたどりつく。雷がもっと近づくまで、なんとか足止めしなくては……。

「テラモン！」ヒュラスは鎧のひもをほどきながら叫んだ。「ぼくの心臓を切りとってやると〈怒れる者たち〉に誓ったんだろ、ほら、やれよ！」鎧を引きはがし、地面に投げすてる。つづいてチュニックの前を開き、胸をむきだしにした。「見ろよ、テラモン。こっちには武器も鎧もない、やるならいまだぞ！」

ヒュラスが近づくと、テラモンは疑わしげににらみつけた。「それ以上近よるな、ヒュラス。わなのはわかってる」だが、裂け目までの最後の数段をのぼりかけたとたん、足をすべらせ、短剣を取り落とした。

今度はヒュラスの近くに落雷し、石が焼けるにおいがした。そのとき、イシが階段に落ちた短剣をさっと取りあげた。

「だめだ、イシ、やめるんだ！」ヒュラスは叫んだ。「手をはなせ。テラモンにくれてやるんだ！

おりてこい、イシ、早く！」

イシは驚いたようにヒュラスと目を合わせ、言われたとおり短剣を階段に落とすと、ヒュラスの目の前を転がるようにすべりおりていった。

テラモンは勝ちどきをあげて短剣をつかみ、高々とかかげた。「なんだ、もう降参か？　よそ者が剣をふるうんじゃないのか」

「これでじゅうぶんだ。お告げは正しかった」ヒュラスはひと呼吸おき、またつづけた。「コロノス一族のかなめ、ラピトスはもうないぞ、テラモン。それがお告げの意味だったんだ。ここに来る途中で、焼け落ちるのを見たはずだ！」

「コロノス一族のかなめは、このぼくだ」テラモンが怒鳴り、先祖につながる裂け目をまたいだ。「ぼくは無敵だ！」

ヒュラスのこめかみが、たえがたいほど痛みだした。〈怒れる者たち〉がテラモンの頭上を黒くおおっている。

「ぼくは無敵だ！」テラモンがまた怒鳴る。

〈怒れる者たち〉がかんだかい叫びをあげ、ちりぢりになった。目もくらむような光が雲を切りさき、光り輝く巨大なこぶしが、燃えさかる炎の矢を峰めがけて放った。ハボックがヒュラスの胸に飛びかかり、安全な場所へつきとばす。と同時に、稲妻がコロノス一族の短剣を直撃し、テラモンは絶叫とともに吹きとばされた。

空が閃光につつまれ、次の瞬間、真っ暗闇のなかに倒れこんだヒュラスは――なにも見えなくなった。

30

神々の手

気がつくと、ヒュラスはあおむけに横たわっていた。体じゅうが打ち身で痛み、顔はひりついて、こわばっている。まぶたがくっついて、目を開けることができない。

横たわっているのは、ぬれたシダの上だった。どこかでポタポタと水音がする。フクロウの鳴き声も聞こえる。記憶が切れ切れにもどってきた。目もくらむような閃光、短剣をかかげたテラモンを吹きとばした稲妻。

「ピラ？」声がかすれた。「イシ！　ハボック！　だれかいないのか」

返事はない。

目を開けられないいまま、うつぶせになって這いずってみる。いくらも進まないうちに、冷えきったむくろが手にふれた。皮膚がこげたにおいもする。長い髪のふさを恐る恐る指でまさぐると、先端が小さな円盤でとめられていた。動かなくなったこぶしには、ひしゃげた金属のかたまりがにぎられている。コロノス一族の短剣の残骸だ。

〝よそ者が剣をふるうとき、コロノス一族はほろびるだろう……〟お告げは現実になったが、神々の思し召しは思いもよらないものだった。剣をふるったよそ者はイシで、ほろぼされたのはテラモンだった。コロノス一族のかなめは、このぼくだ――テラモンがそう叫んだとたん、天罰がくだされた。そういえば、テストールの幽霊は空を指さしていた。あれはこのことを警告していたのだ。神々はテラモンと短剣を忘却のかなたへ葬った。カラス族の支配は終わりを告げた。

ずっとそのために戦いつづけてきた。なのに、頭がぼんやりして、まるで実感がわかなかった。

シダのしげみのなかでなにかが動き、大きな獣が近づいてくる音がした。やがてのどを鳴らしたハボックが、ひげの生えた鼻づらを顔におしつけた。

ヒュラスは泣き声をもらした。ハボックの首にかじりつき、毛皮に顔をうずめる。ハボックがつきとばしてくれなかったら、いまごろ自分もテラモンと同じように死んでいたはずだ。

ほかにもだれかいるようだが、あいかわらずまぶたが開かない。「そこにいるのはだれだ」あえぐようにそう呼びかけた。

「ピラか？」

ひんやりとした小さな手が、ヒュラスの手にふれる。

うなり声があがり、そのだれかは走り去った。

「イシ！　なあ、イシ、もどってきてくれ！」

それからしばらく気を失っていたらしく、もう一度目ざめたときには、日ざしの熱さを感じた。なのにまだ目は開かない。

鳥が枝に止まり、雨粒がぱらぱらと降ってきた。かすかな羽ばたきの風を感じたとたん、エコーが舞いおりて、キィーッ、キィーッとけたたましく鳴いた。

それに答える声がして、ピラがシダをかき分けてやってきた。「えらいわ、エコー！」息があがっている。ピラはすぐそばにしゃがみこんで、泣き笑いしながら、ヒュラスの肩や胸をさすった。「よかった、生きてくれて！　そこらじゅうさがしまわったのに、見つけられなかったの！」

「イシは？　無事なのか？」

「だいじょうぶ。ついさっきハボックといっしょにいるのを見たから。でも、ヒュラス……あなたの顔、ひどい日焼けをしたみたい！」

「雷がすぐそばに落ちたから。目が……目が開けられないんだ。きみは平気か？」

「足首がはれあがってて、木の枝を杖にしてる」

「テラモンもそこにいる……もう見たか？」

「ええ」ピラの口調が変わった。「幽霊がそばにいる？」

「……いや。いないみたいだ」

「すべて終わったのよ、ヒュラス。神々が短剣をこわしてくださった。テラモンの手に残ったもの以外は、粉々になったのよ」

　ヒュラスは返事をしなかった。コロノス、ファラクス、そしてテラモン……。みんな死んだ。なのに、喜ぶ気にはなれなかった。もう人が死ぬのはたくさんだ。

　ピラがまた肩にふれた。「どうにかして山をおりないと」

　ピラの手を借りて立ちあがると、ようやくまぶたが開き、ヒュラスはまばたきをした。もう一度くりかえす。まぶたにさわってみる。干からびてこわばっているが、まちがいなく開いている。高みから真っさかさまに落ちたように、頭が真っ白になった。

「わたしにつかまったら歩けそう？」

「歩けることは歩けるけど……目の前が真っ暗だ」

「どういう意味？」

「ピラ、どこもかしこも真っ暗なんだ。目が見えない」

＊

戦いは、ヒュラスとピラが山へ向かったあと、すぐに終わった。

「コロノスが死んだとピラに知らされて、旗色が変わったんだ」あとでペリファスからそう聞かされた。「そのあと、リュカス山に雷が落ちたのを見て、ヘカビが〝カラス族に天罰がくだった〟と叫んだんだ。たちまち勝敗が決して、イラルコスも敵兵たちもあきらめて降伏したってわけさ」

ほどなく、ペリファスの斥候たちがヒュラスとピラをさがしに来た。ヒュラスは反乱軍の野営地にもどるのをこばみ、自分たちは山の中腹に小さな野営地をつくると言いはった。ハボックのためでもあるし、敵味方に関係なく戦士を毛ぎらいしているイシのためでもあった。

それから三日がすぎたものの、あいかわらずヒュラスの目は見えなかった。今朝は反乱軍の野営地から少年がジンクスを連れてやってきて、大族長の天幕へ来るようにと告げた。

ヒュラスがジンクスに乗り、ピラが手綱をにぎって歩くことにした。目の見えない無力さを思い知らされるようで、ヒュラスはいらだった。ゆうべは、「〈火の女神〉がヒュラスの命を助けるかわりに光をうばったの？」とピラがヘカビにたずねるのを聞いた。自分でもそのことは考えていたが、ピラが面と向かって言わないせいで、よけいにやりきれなかった。

「馬ぐらいまだ乗れるさ」奥歯を噛みしめながらヒュラスは言った。

「そうね、でも、目の前になにがあるかわからないから――」

「子ども扱いするなよ！」

「わかったわよ」ピラもむっとした。「今度からは、目の前に枝がぶらさがってても、だまっとけってことね」

ヒュラスは返事をしなかった。ヘカビが目を洗ってくれ、ハボックもせっせとなめてはくれたが、いまだに昼か夜かがわかる程度で、人の顔はぼやけて見分けがつかなかった。

「すぐにかっかしないで」ピラが言った。

「そっちこそ」

そうやって口げんかすることで、ふたりとも不安をまぎらしているのだった。ヘカビでさえ、ヒュラスの目が元にもどるかどうかわからずにいた。

もしもこのままだったら、どうすればいい？ ジンクスの背に揺られて山をおりながらヒュラスは思った。目が見えないと、狩りもできない。とんだ役立たずだ……。

それでも、よかったことはたくさんある。みんな生きのびられたし、ヘカビのおかげでアカストスの傷も快方に向かっている。けれど、ヒュラスは喜びを感じられずにいた。いらいらとして、しじゅう落ち着かなかった。ピラには言えずにいたが、毎晩、戦場の夢を見てうなされるのだ。雷に打たれて絶叫するテラモンの夢も……。

イシとの再会でさえ、手ばなしでは喜べなかった。ヒュラスにはイシが見えず、イシのほうは口がきけないからだ。「よくあることよ」とヘカビには言われた。「話せるようになるまでには――なるとしても――何年かかるかしれない」ヒュラスから話しかけようとしてみても、顔が見えないのでむずかしかった。イシはハボックといっしょに山奥にいることがほとんどで、ピラとも打ちとけようとしないらしい。

「きっと、わたしがじゃまなのよ」とピラは言った。「わたしが……自分の居場所を取っちゃったと思ってるのかも」

でも、イシは妹だ。そんなわけがないのに。

ふたりはアカストスの天幕に到着した。いっしょになかへ入るかときいたが、ピラはまだふきげんなまま、ジンクスに水をやるといって、ぷいっとはなれていった。

天幕に入ると、アカストスらしきぼんやりとした人影が寝台にもたれているのが見えた。となりにひざまずいているのはヘカビのようだ。驚いたことに、ふたりはおかしそうに大笑いしていた。歓迎はされたものの、親しげなふたりのようすに、ヒュラスはいたたまれなくなった。「またあとで来ます」

「いいんだ、ノミ公、行くな」アカストスが笑いをふくんだ声で答えた。

ヘカビが立ちあがる音がした。「あまり長いこと話してちゃだめよ」やさしい声でアカストスに言う。「休まないと」すれちがいざまに、ひんやりした手がヒュラスのこめかみにふれた。「まぼろしはあらわれなくなったようね」

ヒュラスはうなずいた。「テラモンの幽霊の気配を感じなかったから、そのとき気づいたんです。稲妻に吹きとばされたんだと思う」

「かもね」ヘカビの声にも笑みが感じられる。「それに、ライオンは〈火の女神〉の聖なるしもべだから、ハボックがなめたおかげで、消えたのかもしれない」

ヘカビがいなくなると、ヒュラスは手さぐりでアカストスの寝台に近づき、あぐらをかいてすわった。戦いのあと、初めて顔を合わせたせいか、落ち着かなかった。「けがの具合は？」

「痛む」アカストスはそっけなく答えた。「そっちはどうだ」

「同じです」

それから、恐れていたことをきかれた——アカストスが倒れたあと、なにが起きたかを。ヒュラスはためらいながら話しだした。〈怒れる者たち〉が空から舞いおりてきたこと、そして、アカストスの弟の幽霊が復讐の血をむさぼるように飲んだことも。

「弟はどんな姿だった？」アカストスは声をつまらせながらきいた。

「あなたと似ていたけど、もっと若かったです。それと……それと、小指がなかった」

「そうか。なら、たしかに弟だ」少しのあいだ、沈黙が流れた。「おかしなもんだ。長年の望みのはずが、いざかなってみると実感がわかないものだな」

「わかります」ヒュラスは深くうなずいた。イシのこともそうだ。

「背びれ族の島で出会ってから、いろいろあったもんだな、ノミ公。おまえを説得して、倒木の山からおりてこさせたときから」

「ちがう、いぶしだしたんでしょ」

アカストスはククッと笑った。「そうだったな！」

そのときようやく、ヒュラスは目の前にいるのがミケーネの大族長だと思いだした。「これからどうするつもりです？」

「国をつくりなおす。アカイアに秩序を取りもどす。過去の傷をいやすために、全力をつくすつもりだ」

聞いた話では、すでに取り組みははじまっているそうだ。雨が降ったおかげでラピトスの貯蔵庫は焼け残り、アカストスは農民たちに穀物を分けあたえた。敗残兵に追い打ちをかけることを禁じ、敵方にも死者を手あつく葬ることを許したので、カラス族の尊敬も集めているという。テラモンのむくろは火葬にされ、ヒュラスのたのみで、遺灰は〈先祖が峰〉の父親の墓の横に埋められた。コロノスとファラクスの遺灰は、とむらいの儀式も行われないまま、風にまかれた。

短剣のかけらは、ヘカビの手であらかた拾い集められ、大小の川に流された。やがて海へ運ばれ、永遠に消え去るはずだ。

「やることが山ほどある」アカストスが静かに言った。「もうすぐミケーネにもどるつもりだ。ペリファスがここに残って、リュコニアをおさめることになる」

「よかった。ペリファスなら、りっぱな族長になるだろうから」

アカストスは少しの間をおいてから言った。「おまえもだ。だから、メッセニアをおさめてほしい」

「えっ？」

「族長としてだ。戦場で命を救われた恩は忘れないぞ、ヒュラス。それに、信用できる者に族長をまかせたい」

「目が見えないのに、族長なんて無理です」

「だから、目が元にもどったらだ」

ヒュラスは眉をひそめた。「それでもいやだ。長になったら、戦わなけりゃならない。それが上に立つ者の仕事だから」

「ときにはな」

「そんなの、たえられない！　毎晩、夢に戦場が出てくるんです。人を殺したところが。剣を引きぬくときの感触がよみがえって……それに、テラモンも出てくる……」声がかすれた。「昔は友だちだったのに、ぼくはあいつをだまして、雷に打たれるようにしむけたんだ！」

「それが戦いというものだ、ヒュラス」アカストスがきっぱりと言った。

「なら、ぼくはお断りだ！」

「だれだってそうだ！　だが、大事なものを守るために、戦わなけりゃならんときもある」

ヒュラスは顔をしかめた。肩に手が置かれる。「気持ちはわかる。恐ろしい記憶がじゃまになって、ピラや妹を遠くに感じるんだろう？　だが、それはうすれていくぞ、ヒュラス。保証する」アカストスはそこで声を明るくした。「さて、それならどうしてほしい？　なにか望みがあるだろう」

ヒュラスは考えた。「ええと……はい。それじゃ、ふたつ」

アカストスは笑い、ヒュラスの頭をピシャリとたたいた。「まいったな、ノミ公！　おまえ、ちっとも変わってないじゃないか！」

*

エコーがピラの目の前を横切り、カワラバトの群れに飛びこんで、楽しげに追いちらした。ピラは笑い声をあげた。ヒュラスは気づかない。足を引きずってとなりを歩きながら、地面をにらみつけている。

ヒュラスがアカストスと話を交わしてから、四日がすぎていた。目はほとんどよくなり、きのうは投石器でリスをしとめたほどだった。なのに、あいかわらず悲しげにふさぎこんでいる。

昔のヒュラスにもどってほしいとピラは願っていた。そうしたら……。テラモンを追って山道でヒュラスと別れたときのことが、頭からはなれなかった。あのとき、ピラの口づけにヒュラスも応えてくれた。もう一度そうしたくてたまらなかった。

いつものとおり、こっちがきっかけをつくらなきゃだめみたい。ふたりで野営地への坂をのぼりながら、ピラは考えた。わたしのほうからなにか言わないと。

声をかけようと勇気をかき集めていると、イシがハボックを連れて森のなかからあらわれたので、切りだしそびれた。

「イシ！」ヒュラスが呼びかけた。イシはピラを気にしている。思いきってそばに行こうかどうか迷っているようだ。だが、やがてまた森の奥へ消えた。

「いったいどうしちゃったんだよ、あいつ！」

「言ったでしょ。仲間はずれになった気分なのよ。そのうちなじむわ」

「でも、なんで仲間はずれだなんて思うんだよ」

ピラはあきれて両手をあげた。「そりゃ、メッセニアにかくれてるあいだ、わたしたちがずっといっしょにいたからよ！」顔がほてってくる。「ただいっしょにいただけだけど、それでも――」

「でも、ぼくは兄貴なのに！　まさか、見捨てられるなんて思ってないよな」

「もちろんよ！　ただ……受け入れられずにいるだけ。つまり、わたしと、その、あなたがいっしょにいるのを。だから安心させてあげないと」

「どうやって？」

ピラはヒュラスを見た。深いため息が出る。ヒュラスとイシが元どおりになるまで、ほかの話はおあずけだ。それどころじゃないだろうから。

野営地に着くと、ピラは水袋を投げだし、腰に両手を当てた。「いい考えがあるわ。イシと元どおりになれるかも」

「どんな？」

ピラは話して聞かせた。戦いの日以来初めて、ヒュラスはにっこりした。

＊

「だから言ったろ、見てのお楽しみだって」沼地を歩きながら、ヒュラスは言った。もう何回目だろう。

イシが泥の上にカエルを描き、両腕で大きな円をつくる。

ヒュラスは笑った。「いや、でっかいカエルじゃない」

イシはしかめっ面をすると、ヒュラスのすねを蹴りつけた。教えてよ！

「だめだ！」つかまえようとしたが、イシは手をすりぬけ、ハボックといっしょに水をはねあげながらかけだした。ヒュラスの胸が愛おしさと期待でふくらんだ。きっとうまくいく。

ヒュラスはピラをふりかえり、うっすらと笑みを投げかけた。はじめピラは、ヒュラスが妹とふたりきりになれるよう、自分はリュコニアに残ると言った。いや、きみとも仲良くなってほしいんだとヒュラスは答えた。うれしそうにほおを染めるピラを見ると、抱きしめて口づけしたくなった。でも、イシとのことが先だ。

沼の民は、うやうやしくおじぎをしてヒュラスたちをむかえ、ハボックにはかごいっぱいの魚をくれた。イシを見ると、だれもが丸っこい顔をぱっと輝かせた。沼にかくまったよそ者の〝少年〟が少女だとは気づかなかったのかとヒュラスがきくと、人々は首を横にふった。「いや、まったく」答えは単純そのものだった。「頭の帯に赤いひもがなかったもんで、てっきり少年だと」

海に着いたときには、イシはもどかしさではじけんばかりだった。これならきっとうまくいく。

ヒュラスはまた思った。

ハボックが浅瀬に飛びこんでいく。ヒュラスはイシをかかえあげ、そこへ投げこんだ。イシが笑いながら水面に顔を出すと、ヒュラスもつづいて飛びこんだ。ピラは岩の上にすわってようすをながめている。

ヒュラスは髪から水をしたたらせながら岸にあがった。「それじゃ、なんでここに連れてきたか教えるよ。びっくりするくらいすてきなものを見せてやる。きっとおまえも気に入るよ」

イシが浅瀬を歩きながら、じれったそうに水をはねかける。

「いいから、見てろ！」ヒュラスはピィーッと口笛を鳴らし、てのひらで水面をたたいた。そのまま待つ。お願いだ、たのむから来てくれ、そう祈った。前と同じように、ぼくを助けてくれ。

ハボックが浅瀬を飛びだして浜辺に立ち、沖を見つめる。やがて、入り江の出口あたりでなにかがちらっと動いた。

イシが息をのむ。ヒュラスはにっこりした。

スピリットが波間から飛びだした。キラキラと輝きながら大きな弧を描き、やがてザブンと水にもぐると、ぐんぐん近づいてきた。岩の上のピラがひたいにこぶしをおしあて、おじぎをする。スピリットは友だちだが、女神の聖なるしもべでもあるからだ。

イルカが体をこすりつけ、ヒュラスはその脇腹をなでた。ありがとう、スピリット。心のなかで友にそう呼びかける。イシは目を真ん丸くしている。

「空気穴をふさいじゃだめだぞ。それと、爪で引っかかないように気をつけるんだ」スピリットがおなかを上に向けて目の前を横切ると、イシはそこをやさしく指でなでたので、ヒュラスはそれ以上なにも言わず、後ろへ下がった。イルカがおなかを下にしてもう一度寄ってくると、イシは教わってもいないのに、両手で背びれにつかまった。スピリットが泳ぎだす。イシは満面の笑みを浮かべ、体を真っすぐにして波の上をすべりはじめた。

イシは午後じゅうずっとスピリットと遊んでいて、最後はヒュラスが海から引っぱりあげなければならなかった。来た道を引きかえしはじめると、イルカと入れかわりに姿を消していたハボックがあらわれて、ヒュラスに顔をこすりつけた。陸にあがったんだから、わたしのものよと主張するように。

ピラはヒュラスとイシに遠慮して、少し後ろを歩いている。「イシ」ヒュラスはぎこちなく声をかけた。「おまえのことをずっとさがしてたんだ。それはわかってるだろ」

イシはうなずいたが、下を向いたまま目をあげようとしない。

「それに、ピラがいっしょにいるからって、おまえが……仲間はずれになるなんて、考えるんじゃないぞ。そんなことあるもんか。おまえは妹なんだから」ヒュラスはコホンとせきばらいをした。「おまえは……ぼくの一部なんだ」

イシはしかめっ面のまま、アシの茎を噛んだ。ヒュラスに負けずおとらず、ばつが悪そうだ。「それに、いつでも好きなときに」とヒュラスはせきこむようにつづけた。「海まで行って、スピリットにも会える。ぼくとふたりだけで。どうだい？」

イシは考えこむような顔をした。やがて、両手で引っかくしぐさをし、声を出さずに咆哮してみせた。

ヒュラスはめんくらった。が、すぐににっこりした。「もちろん、ハボックも来ていいさ！」

イシはうなずいた。それから、ピラをふりかえり、おずおずと小さな笑みを浮かべた――あなたも来て。そしてヒュラスの手をにぎり、顔を見あげてにっこりした。ようやく本当に妹を見つけた。〈先祖が峰〉で再会して以来、ヒュラスは初めてそう感じた。

*

野営地にもどって一日がすぎ、ヒュラスは覚悟を決めた。これ以上ぐずぐずしているわけにはいかない。イシはハボックに抱きついてぐっすり眠っている。いまならピラとふたりになれる。

ピラは野営地のそばの小川で、髪をとかしていた。なにか言いたげな目でヒュラスを見たが、だまったままでいる。

切りだすならいまだ。ヒュラスは自分をはげました。ほら、言うんだ、ぼくのつれあいになってくれるかいって。

けれど、緊張のあまり、口から出たのはまるでちがう言葉だった。「今朝、〈野の生き物の母〉に捧げ物をしたんだ」

ピラはきょとんとした。「なにをお願いしたの？」

「その……テラモンのことを」

「テラモンのこと!? あなた、殺されかけたのよ！」

「ああ、でも……昔は友だちだったから。安らかに眠ってほしいんだ」

「へえ、そんなに大事なの」ピラがすねたように言う。「昔は友だちだったのに、いちばんの敵になった相手のことが」

「いや、その……ほんとは、テラモンの話をしに来たんじゃないんだ」

「そう、よかった！」ピラのほおが燃えたち、髪は黒雲のように肩にまとわりついている。見られているのに気づいたのか、ほおがいっそう赤く染まる。

気づまりな沈黙が流れた。早く言うんだ、ヒュラス。

沈黙がさらにつづく。ピラはふうっと大きなため息をつき、立ちあがった。ヒュラスのほうを見もせずに、草をよじったひもで髪を結わえ、野営地のほうへ歩きだす。

ヒュラスはぐっとこらえながら、あとを追った。そのとき、神々の手がもう一度さしのべられた。

少年がひとり、大族長からのほうびをわたしにやってきたのだ。ジンクスと、美しい雌馬を。

「そうだ！」ヒュラスは叫び、ピラに呼びかけた。「ピラ、もどってこいよ！」

「え、どうして？」

「こっちの雌馬の手綱を引いてくれ、ぼくはジンクスを連れていく。さあ、ちょっと歩こう！」

「どこまで？」

「着いてからのお楽しみさ。遠くはないから！」

金色に色づいた日の光が、長い影を落としている。馬を引いて丘をのぼると、オリーブの木が点在する草地が見えてきた。

ヒュラスの興奮はとっくにしぼんでいた。一歩進むごとに、緊張が高まっていく。「これまでだまっていたけど」とようやく切りだした。「アカストスから、メッセニアの族長にしてやるって言われたんだ。でも……でも、断った」

驚いたことに、ピラはうなずいた。「ええ、あなたはきっとそうするって、わたしもアカストスに言ったわ」

「なんでわかったんだ？」

「そりゃ、あなたのことだもの」

ヒュラスはちらりとピラを見た。「きみは……怒らないの？」

「いいえ、怒るってなんで？」

「ぼくは……ぼくらは……裕福になれたはずなのに」

「わたしはもともと裕福だったでしょ。でも幸せじゃなかった」

しばらくだまって歩いてから、ヒュラスはまた口を開いた。「ほしいものはあるかってアカストスにきかれたから、たのみごとをしたんだ、ふたつ」

「へえ」

「ひとつは、ジンクスにつがいの雌馬をあたえて、自由にしてやること」ピラはきゅっとくちびるを引きむすんで、うなずいた。「よかった。ジンクスにもつれあいがいたほうがいいものね」

ヒュラスはまたピラを見やった。「うん、ぼくもそう思う。つれあいがいるのは……いいもんだよな」

「そうね」ピラの返事はそれだけだった。

草地に着くと、ヒュラスは雌馬の馬具をはずした。雌馬は二、三歩前に進んでから、頭をさげて草を食べだした。

ヒュラスはジンクスの骨張った鼻を最後にもう一度なで、やさしく声をかけた。「さよなら、ジンクス。これからは自由に暮らすんだぞ」そして馬具をはずした。ジンクスは鼻づらをヒュラスの首にこすりつけてから、草を食むのをやめて見つめている雌馬に近づいた。二頭が鼻と鼻をくっつける。雌馬が草地をかけだした。ジンクスも尻尾をふり立て、あとを追って走り去った。

「二番目の願いごとはなんだったの」ピラが馬たちに目をやったまままきいた。

「どこか山奥に、住む場所をくださいってたのんだんだ。農民も戦士もいなくて……ハボックもいっしょに暮らせるような場所を。それにイシも」

ピラはうなずいた。ほおが真っ赤に染まっている。のどが脈打っているのも見える。

ハボックがどこからともなくあらわれて、ヒュラスの太ももに顔をこすりつけた。獲物をしとめたところらしく、馬たちをちらっと見やると、ようすを見にやってきたイシのほうへゆっくりと歩みよった。じゃましてはいけないとさとったように、イシはオリーブの木にのぼり、枝の上で足をぶらつかせながら、わざとらしくそっぽを向いた。

エコーが目の前を横切り、羽ばたきでピラの波打つ黒髪(くろかみ)をそよがせて、キィーッと高らかに鳴くと、空へ舞(ま)いあがった。

ヒュラスは深呼吸(しんこきゅう)をひとつして、早口で告げた。「きみも山に来て、いっしょに暮(く)らしてくれるかい。その……ぼくのつれあいとして」

ピラがようやくふりむき、ヒュラスを見あげた。黒い瞳(ひとみ)はきらめき、くちびるに笑み(え)が浮(う)かぶ。抱(だ)きしめようとしたとたん、ハボックが割(わ)りこんで、ふたりをおし倒(たお)しそうになった。木の上のイシが笑い声をおさえようと両手で口をふさぐ。

「おいおい、ハボック！」ヒュラスは言って、雌(めす)ライオンをおしのけた。

ピラがクスッと笑った。「行くわ、もちろん」


（完）

作者の言葉

この物語は、いまから三千五百年前、青銅器時代の古代ギリシアを舞台としています。青銅器時代についてわかっていることは多くありません。そのころの人々は文字をほとんど残していないからです。それでも、その当時に驚くべき文明が栄えていたことはわかっています。それがミケーネ文明とミノア文明で、ヒュラスはミケーネ人、ピラはミノア人です。

そこにはいくつもの族長領が山脈や森にへだてられて点在していたと考えられ、現在よりも雨が多く、緑も豊かだったせいで、陸にも海にもはるかに多くの野生動物が生息していたと言われています。また、この時代は、神々にもゼウスやヘラやハデスといったはっきりとした名前はつけられていませんでした。ヒュラスとピラが神々をちがう名前で呼んでいるのはそのためです。ふたりが信仰しているのは、のちの時代の神々の先がけのような存在だと言えるでしょう。

ヒュラスとピラの世界を生みだすにあたって、わたしは青銅器時代のギリシアの考古学を学びました。そのころの人がどんなことを考え、どんな信仰を持っていたのかについては、もっと最近の、いまも伝統的生活を送る人々の考えかたを参考にしました。以前にわたしが『クロニクル　千古の闇』というシリーズ作品で石器時代を描いたときと同じです。ヒュラスの時代の人々の多くは農耕や漁で暮らしを立てていましたが、昔の狩猟採集民の持っていた知識や信仰の多くは、まちがいなく青銅器時代にも引きつがれていたはずです。ヒュラスのように、貧しい生活を送る人々のあいだには、とくに色濃く残っていたことでしょう。

物語に登場する地名についてふれておきましょう。アカイアはギリシア本土の昔の名前で、リュコニアは現在のラコニアをもじって、わたしがつけたものです。ミケーネという名前は、よく知られているので、そのまま使うことにしました。クレタ島の大文明は、ミノア文明と呼ばれていますが、この作品では〝ケフティウ〟という呼び名を使っています（当時の人々が自分たちのことをどう呼んでいたかは、さだかではありません。ある文献には、彼らが〝ケフティウ人〟と名乗っていたらしいと書かれていますし、別のところでは、それは古代エジプト人が使っていた呼び名だとも書かれています）。

〈神々と戦士たちの世界〉の地図には、ヒュラスとピラが生きている世界が描かれています。ですから、物語に関係がないためはぶいた場所や島々もたくさんありますし、背びれ族の島やタラクレアのように、わたしがつくりだしたものもふくまれています。アカイアの地図についても同じで、物語に重要な場所だけをのせてあります。

この第五巻で、ヒュラスは冒険のはじまりの地である山へもどります。今回の物語を書くにあたっては、このシリーズの執筆のために何度か行った調査の旅を参考にしました。とくに、ラコニアをおとずれたときの経験が役に立ちました。タイゲトス山脈に広がるランガダ峡谷を歩き、ランガダ・パスと呼ばれる山道のてっぺんで数日をすごしたこともあります。また、ラコニア南西部のディロス湾にあるブリチャダ洞窟や周辺の海岸も見てまわりました。

ユニバーシティ・カレッジ・ロンドン考古学研究所でエーゲ海考古学を研究されているトッド・ホワイトロー教授に、変わらぬ感謝を捧げます。どの原稿にもところよく目を通して感想を聞かせてくださり、青銅器時代の生活について、さまざまな面から貴重なアドバイスをくださいました。また、パフィン・ブックス編集者のベン・ホースレンは、このヒュラスとピラの物語に、生き生きとした独創的な感想を寄せてくれました。最後になりましたが、いつも変わらず、根気よくわたしを支えてくれる、大変有能なすばらしいエージェントのピーター・コックスにも感謝します。

二〇一六年

ミシェル・ペイヴァー

訳者あとがき

〝黒い矢柄にはカラスの羽根があしらわれている。矢尻は見えない。ヒュラスの腕に食いこんでいるのだ〟

そんな緊迫した場面から、この壮大な冒険物語ははじまりました。

十二歳の夏、コロノス一族（またの名をカラス族）の襲撃によって妹イシとはぐれた〝よそ者〟のヒュラス。必死の逃避行の途中で出会った大巫女の娘ピラとともに、海をわたり、異邦の地を転々としながら、強大なコロノス一族に命がけの戦いをいどんできました。

そして二年あまりがすぎ、最終巻となるこの第五巻で、ヒュラスはピラとハボック、エコーとともに、ようやく故郷のアカイア本土に帰りつきます。上陸したのは生まれ育ったリュコニアの西に位置するメッセニア。これでやっと、そこにいるはずのイシをさがしに行ける。心がはやるヒュラスですが、コロノス一族の支配から故郷を救うには、一族の家宝の短剣をうばい、こわさなければなりません。悩み、苦しみながらヒュラスが選ぶ道は、はたして……。

一方ピラも、故郷のケフティウとはまるでちがう荒々しいアカイアの地にとまどいをかくせません。それでも持ち前の負けん気で心細さをおし殺し、〝自分の身は自分で守れるわ〟とヒュラスに強がってみせます。どちらかがどちらかに頼りきるのではなく、力を合わせて苦難を乗りこえていく。そんなふたりの姿はじつにすがすがしく、心を打ちます。この『神々と戦士たち』シリーズは、本国イギリスの書評や読者の感想のなかで〝男女ともにおすすめできる〟と評されているのですが、まさにその評価のとおり、性別に関係なく楽しめる点が、この作品のすぐれた特徴のひとつだと言えるでしょう。

さて、この最終巻には、いくつもの驚きが用意されています。なつかしい人たち――そして動物たち――との思いがけない再会。お告げにこめられた大いなる神々の思し召し。はたしてイシは無事でいるのでしょうか、テラモンとの戦いの決着は……？

背びれ族の島からタラクレア、ケフティウ、そしてエジプト。長い旅の途中でふたりが経験してきたことすべてに意味があった――そんな思いに胸が熱くなる、みごとな結末が待っています。

この作品には本当にたくさんのユニークな魅力があります。動物の視点から書かれた部分があること。三千五百年前のエーゲ海世界の暮らしがていねいに描写されていること。さらに、美しく厳しい大自然の姿が印象深く描かれていることもあげられます。

第五巻の舞台となるリュカス山は架空の山ですが、現在のギリシアの地名でいえば、メッシニア県（物語のなかではメッセニア）とラコニア県（リュコニア）とを東西にへだてるタイゲトス山脈（Taygetos Mountains）に位置する設定となっています。インターネットで検索すれば、その山脈や作者の言葉にもあるランガダ・パス（Langada Pass）というけわしい山道の写真を見ることができます。雪をいただく荘厳な峰々や、荒々しく切り立った岩肌、マツやオリーブの木々をながめていると、そこでたくましく暮らすヒュラスたちの姿が目に浮かぶような気がしてきます。

この物語には、当時の人々が信じていた神々や精霊が数多く登場しますが、じつは作者のペイヴァーさんにも、〝守護天使〟との出会いがあったといいます。それはロンドンで弁護士として成功し、必死に激務をこなしていた三十六歳のときのこと。仕事で訪れたイタリアの列車のなかで、向かいの席にすわった見ず知らずの初老の男性から、こう言葉をかけられたそうです――〝人生は短いんだ。いまの生きかたが不幸なら、変えればいい〟。そのとき初めて、自分をいつわって生きていることにペイヴァーさんは気づきました。そして一年の休暇をとり、世界各地を旅してまわったあと、学生時代からの夢だった作家デビューをはたしたのです。

そんな作者が十歳のころに夢中で読んだのが、古代ギリシアの叙事詩『オデュッセイア』でした。帰郷を夢見ながら、神々の思し召しによって十年ものあいだ漂泊の旅をつづけたオデュッセウス。数々の冒険譚で知られるその伝説の英雄が、ヒュラスというキャラクターを生むヒントになったということです。

この『神々と戦士たち』シリーズと前作の『クロニクル　千古の闇』シリーズは

児童文学に分類されますが、作者はほかに大人向けの小説も七作発表しています。最新作は二〇一六年に刊行された〝THIN AIR〟。一九三〇年代、世界第三位の高峰カンチェンジュンガの登頂をめざしたイギリスの登山隊が遭難者の亡霊に遭遇するという、ぞくっとこわいゴースト・ストーリーだということです。

いまペイヴァーさんの頭のなかには、新たにどんな物語が紡がれているのでしょうか。次作の内容はまだわかりませんが、作者の公式サイトやツイッターアカウントには、訪れた土地の思い出や動物たちとのエピソードなどが写真とともに紹介されています。ご興味があれば、ぜひのぞいてみてください。

ミシェル・ペイヴァー公式サイト　www.michellepaver.com
ツイッターアカウント　@MichellePaver

二〇一八年一月

中谷友紀子

神々と戦士たち
V
最後の戦い

2018年2月28日 初版発行
2020年8月30日 2刷発行

著者
ミシェル・ペイヴァー

訳者
中谷友紀子

ブックデザイン
鈴木成一デザイン室
（協力＝遠藤律子）

イラストレーション
玉垣美幸

発行人
山浦真一

発行所
あすなろ書房
〒162-0041 東京都新宿区早稲田鶴巻町551-4
電話03-3203-3350（代表）

印刷所
佐久印刷所

製本所
ナショナル製本

 ISBN978-4-7515-2879-2 NDC933 Printed in Japan